RAY
BRADBURY

브래드버리,
몰입하는 글쓰기

최고의 선생님인
제닛 존슨에게,
사랑을 담아

머나먼 우주를 노래한 SF 거장, 레이 브래드버리가 쓰는 법

브래드버리, 몰입하는 글쓰기

레이 브래드버리 지음 ◆ 김보은 옮김

책보다는 짧은,
하지만 아주 긴 제목의 서문

인생이라는 나무에 기어올라가,
자신에게 돌을 던진 다음,
몸과 영혼을 다치지 않고 내려오는 법에 대하여

가끔씩 나는 아홉 살의 내가 어떻게 함정에 빠진 것을 깨닫고 거기서 빠져나올 수 있었던 건지, 그때 나의 능력에 놀라곤 한다.

1929년 10월, 나는 같은 4학년 친구들의 비난에 갖고 있던 벅 로저스 만화(1929년 1월부터 연재를 시작한 필립 프랜시스 놀런의 SF 만화 「25세기의 벅 로저스Buck Rogers in the 25th Century A. D.」를 뜻한다. 원작 소설은 1928년에 공개되었고, 이후 영화와 드라마 시리즈로도 제작되었다_옮긴이)들을 갈기갈기 찢어버렸다. 하지만 한 달 후 '그 친구들이 모두 바보'인 거라고 결론을 내리고 다시 만화 수집을 시작했다. 어떻게 이런 일이 가능했을까?

그런 결론과 용기가 도대체 어디서 나왔을까? 어떤 경험을 했기에 이렇게 말할 수 있었던 걸까? "난 죽은 거나 마찬가지야. 누가 나를 죽이고 있는 거지? 내가 무슨 병에 걸린 거지? 치료법은 뭘까?"

나는 이 모든 질문에, 분명하게, 답할 수 있었다. 내가 찾은 병명은 '벅 로저스 만화를 찢어버린 것'이었다. 그리고 그 치료법은 '그게 뭐든, 다시 수집을 시작하는 것'이었다.

나는 그렇게 했다. 그리고 효과는 좋았다.

그런데 가만! 어떻게 그 **나이**에? 친구들의 압박에 굴복하는 게 익숙한 나이인데? 저항하고, 인생을 바꾸고, 홀로 살아갈 용기를 과연 나는 어디서 찾았을까?

이 모든 일을 과대평가하고 싶진 않지만, 그렇지만 에잇, 아홉 살의 내가 좌우간 어떤 녀석이었든 나는 그 녀석을 사랑한다. 그 시절의 내가 없었다면, 이렇듯 살아남아서 이런 글을 쓰고 있지 못했을 테니까.

물론 앞의 치료법은 내가 벅 로저스에 미쳐 있었다는 사실에 일정 부분 영향을 받았다. 나는 나의 사랑, 나의 영웅, 나의 삶이 망가지는 걸 두고 볼 수 없었다. 그건 마치 세상에서 가장 사랑하는 단짝 친구, 삶의 중심과도 같은 친구가 물에 빠지거나 총에 맞아 죽는 것과 같았다. 그렇게 죽은 친구는 장례식에서 되살릴 수 없다. 그렇지만 벅 로저스는 내가 기회를 주기만 한다면 두 번째 인생을 살 수 있다. 그래서 나는 그의 입에 숨을 불어넣었고, 와우! 그가 깨어나 내게 말했다. 뭐라고 했냐고?

"소리쳐. 벌떡 일어나. 뛰어. 그 개자식들을 뛰어넘어. 그 녀석들은 **절대로** 네가 사는 방식으로 살지 못할 거야. 어서 **해.**"

다만 나는 개자식이라는 말은 결코 쓴 적이 없다. 그런 말은 용납되지 않았다. "젠장!" 하고 외치는 게 내가 할 수 있는 가장 큰 반항이었다. **난 살아남아야 해!**

그렇게 나는 만화책을 모았고 축제, 세계박람회와 사랑에 빠졌고 글을 쓰기 시작했다. 그럼 누군가는 이렇게 물을 것이다.

"글쓰기? 그게 우리한테 가르쳐주는 게 뭡니까?"

다른 무엇보다도, 글쓰기는 우리가 **살아 있다**는 것 그리고 그것이 권리가 아니라 선물이자 특권이라는 것을 상기시켜준다. 우리는 우리에게 주어진 하나뿐인 삶을 살아야 한다. 삶은 우리에게 생기를 부여한 대가로 그 보답을 원한다. 비록 예술은 우리가 바라는 것처럼 전쟁이나 빈곤, 질투, 욕심, 노화, 죽음으로부터 우리를 구원해주지 못하지만, 그 모든 역경 속에서 우리를 새롭게 태어나게 한다.

그다음으로, 글쓰기는 생존이다. 물론 모든 예술, **모든 좋은 작품**이 다 그렇다. 글을 쓰지 않는다는 건, 누군가에게는, 곧 죽음이다.

우리는 매일 무기를 들고 있어야 한다. 설사 전쟁에서 완전히 승리할 수 없다는 것을 알고 있다 해도, 그럼에도 싸워야 한다. 그저 가벼운 시합이라 할지라도. 아주 조금이라도 이기려 노력했다면, 그날은 승리했다고 할 수 있다. "하루를 연습하지 않으면 **자신**이 알고, 이틀을 연습하지 않으면 **비평가**가 알며, 사흘을 연습하지 않으면 **관객**이 안다"고 했던 어느 피아니스트의 말을 기억하자. 이 말은 작가에게도 진실이다. 스타일이든 뭐든, 연습을 하지 않는다고 단 며칠 사이에 망가진다는 뜻은 아니다. 그렇지만 결국에는 세상에 따라잡히고 병들게 된다. 매일 글을 쓰지 않으면 독이 쌓여서 죽어가거나, 미치거나, 또는 둘 다이게 된다.

글쓰기에 흠뻑 취해 있어야만 현실이 우리를 파괴할 수 없다.

글쓰기는 우리가 먹고, 마시고 그리고 소화시킬 수 있도록 진실, 삶, 현실의 비법들을 알려준다. 그리하여 어항 밖으로 튀어나온 물고기처럼 헐떡거리며 맥없이 쓰러지지 않게 해준다.

경험을 통해 나는 깨달았다. 글을 쓰지 않고 하루를 보내면 불안해진다. 이틀이면 몸이 떨린다. 사흘이면 미치는 게 아닌지 의심이 든다. 나흘이면 마치 고통 속에서 버둥거리는, 거세당한 수퇘지가 된 듯하다. 한 시간의 글쓰기만이 약이다. 그러면 다시 두 발로 일어서서, 쳇바퀴를 돌며, 깨끗한 신발을 달라고 소리치게 된다.

바로 **그게** 어떤 식으로든 이 책에서 내가 결국 말하려는 내용이다.

매일 아침 비소를 아주 조금 먹으면 저녁까지 살아 있을 수 있다. 저녁에 또 아주 조금 먹으면 새벽까지 좀 더 살아 있을 수 있고. 비소는 미량만 섭취하면 독성에 중독되지 **않도록** 예방해 주며, 훗날 몸속에 들어온 독을 중화시키기도 한다.

삶의 한가운데서 해야 할 일이란 이러한 비소 섭취와 같다. 삶을 잘 꾸려나가기 위해서는 어두운 색 공들 사이에 밝은 색 공을 던져 넣어, 여러 진실을 뒤섞어야 한다. 우리는 가족이나 친구들 사이에서 직접 겪거나 신문이나 텔레비전을 통해 알게 된 끔찍한 일들을 참고 견디기 위해 위대하고도 아름다운 실존이라는 현실을 이용한다.

끔찍한 일들이 존재하지 않는다고 부정할 수는 없다. 우리 중

암으로 가까운 사람을 잃어보지 않은 이가 있을까? 교통사고로 죽거나 다친 가족, 친척이 없는 사람은? 내가 알기로는 그런 사람은 없다. 나만 해도 친척 어른 두 명, 사촌 한 명, 친구 여섯 명이 교통사고로 죽었다. 이런 일들은 끝이 없는 데다 창조적으로 대항하지 않으면 우리를 좌절에 빠뜨린다.

그래서 글쓰기가 '약'이라고 말한 것이다. 완벽하진 않다, 물론. 글을 쓴다고 해서 병원에 있는 부모님이 낫거나 무덤 속에 잠든 사랑하는 이가 되살아나진 않는다.

'치료약'이란 단어는 쓰지 않겠다. 그건 너무 깨끗하고, 너무 소독한 듯한 단어니까. 내가 하고 싶은 말은 죽음이 다른 이들의 발목을 잡을 때, 우리는 벌떡 일어나 다이빙대를 세우고 타자기를 향해 곧장 뛰어들어야 한다는 것이다.

아주 먼 옛날, 다른 시대의 시인과 예술가 들은 모두 알고 있었다. 내가 앞서 말한 모든 것 그리고 이제부터 말할 모든 것을. 아리스토텔레스는 이에 관한 명언을 남기기도 했다(아리스토텔레스는 저서 「시학Peri poiētikēs」에서 문학을 비롯한 예술이 '카타르시스', 즉 마음을 정화하는 정신적 치료 기능을 한다고 했다_옮긴이). 최근에 아리스토텔레스가 한 이 말을 들은 적이 있는가?

이 책에 실은 에세이들은 30년이 넘는 시간 동안 여러 차례에 걸쳐 쓴 것이다. 특별한 깨달음을 표현하기 위해서, 특별한 요구를 충족시키기 위해서. 하지만 모든 글은 결국 똑같은 진실들을 되풀이한 것이다. 우리가 그저 피하거나 담아두고 있을 지도 모를, 우리의 내면 깊은 곳에서 벌어지는 격정적인 자기발견과 계속되는 놀라움에 관한 진실들을.

심지어 지금 이 글을 쓰는 도중에도, 알지 못하는 한 젊은 작가에게서 편지를 받았다. 그는 내가 쓴 소설『토인비 컨벡터The Toynbee Convector』속 한 구절을 좌우명으로 삼아 살고 있다고 했다.

조용히 거짓말을 하고 그 거짓이 진실임을 증명하라…… 모든

것은 결국 가능성이다…… '거짓말 같은 것'은 세상에 드러나길 바라는, 위태로운 욕구다.

그건 그렇고, 얼마 전 나는 나 자신을 표현할 새로운 비유를 찾았다. 이 비유는 누구의 것도 될 수 있다.

매일 아침 나는 침대에서 벌떡 일어나 지뢰를 밟는다. 지뢰는 나다.

지뢰가 터지고 난 뒤, 나는 파편을 끌어모으는 데 남은 하루를 다 쓴다.

이제, 당신 차례다. 뛰어들어라!

차례
contents

쓰기의 즐거움 _____

열의. 열정. 누군가 이 말들을 쓰는 걸 듣는 건 얼마나 드문 일인 가. 또 열의나 열정이 있는 태도로 살아가거나, 그런 태도로 창작을 하는 사람을 보는 건 얼마나 드문 일인가. 그럼에도 작가의 자질 중 에서 가장 중요한 게 무엇이냐고, 즉 작가를 작가답게 하며 가고자 하는 길로 질주하게 만드는 게 무엇이냐고 묻는다면 나는 이렇게 충 고할 수밖에 없다. 자신의 열의를 잘 들여다보고, 자신의 열정을 잘 살펴보라고.

　누구나 좋아하는 작가 목록이 있을 것이다. 나도 있다. 찰스 디킨 스, 마크 트웨인, 토머스 울프, 토머스 러브 피콕, 조지 버나드 쇼, 몰리에르, 벤 존슨, 윌리엄 위철리, 새뮤얼 존슨이다. 시인으로는 제라드 맨리 홉킨스, 딜런 토머스, 알렉산더 포프, 화가로는 엘 그 레코, 틴토레토, 음악가로는 볼프강 아마데우스 모차르트, 프란츠 요제프 하이든, 모리스 조제프 라벨, 요한 슈트라우스가 있다! 이들 의 이름을 떠올리면 크든 작든, 그래도 여전히 중요한 열의, 욕망, 갈망이 생각난다. 윌리엄 셰익스피어와 허먼 멜빌을 생각하면 천둥, 번개, 바람이 떠오른다. 이들은 모두 형태가 크든 작든, 캔버스에 제한이 있든 없든 창작하는 기쁨을 알았다. 그들은 신의 아이들이었다. 그들은 자신의 일에서 재미를 느꼈다. 설혹 중간중간에 창작이 힘들어지거나, 개인사에 어떤 아픔이나 비극이 닥치더라도 상관하지 않았다. 중요한 건 그들의 글과 정신이 우리에게 전해준 것들이며, 여기에는 짐승 같은 힘과 지적 생명력이 터질 듯 가득하다는 것이다. 그들은 증오와 절망조차 사랑의 한 형태라고 기록했다.

엘 그레코가 인물이나 사물을 위아래로 늘이는 기법으로 그린 그림을 보고 그가 작업을 하면서 전혀 즐겁지 않았을 것이라고 말할 수 있을까? 틴토레토의 작품 「동물 창조Creation of the Animals」의 밑바탕에 넓고 복잡한 의미의 **재미**가 정말 없다고 할 수 있을까? 뛰어난 재즈는 말한다. "영원히 살 테니 죽음을 믿지 말라." 네페르티티(고대 이집트 아크나톤 왕의 비_옮긴이) 흉상 같은, 훌륭한 조각도 거듭 말한다. "아름다운 것은 과거에도 있었고, 지금도 있으며, 앞으로도 있을 것이다, 영원히." 앞서 내가 열거한 작가들은 모두 인생의 찰나를 붙잡았고, 이를 영원히 얼린 다음, 불타는 창작력에 휩싸인 채, 그것을 가리키며 이렇게 외쳤다. "좋지 않은가!" 그리고 그것은 좋았다.

이 모든 이야기가 우리 시대에 소설을 쓰는 일과 무슨 관련이 있는가?

열의와 열정, 재미, 사랑 없이 글을 쓴다면 그저 반쪽짜리 작가일 뿐이라는 것, 오직 그뿐이다. 한쪽 눈으로는 상업 시장을 보고, 한

쪽 귀로는 아방가르드파의 말을 듣느라 너무 바쁘다면, 자기 자신으로 있을 수가 없다. 심지어 자신을 알지조차 못한다. 작가는 무엇보다 **신나야** 한다. 열광과 열정 그 자체여야 한다. 그런 활력이 없다면 차라리 나가서 복숭아를 따거나 도랑 파는 일을 하는 편이 낫다. 그게 건강에는 더 좋을지 모른다.

실제로 경험한 사랑과 증오를 종이 위에 어떤 식으로든 써본 지 얼마나 오래되었는가? 마음속에 감춰왔던 편견을 풀어놓아 종이 위에 번개가 치듯 글을 써 내려간 적은 언제가 마지막인가? 삶에서 제일 좋았던 일과 나빴던 일은 무엇이며, 속삭이든 고함을 지르든 언제쯤 그 일들을 표현할 생각인가?

예를 들어, 치과에서 우연히 『하퍼스 바자Harper's Bazaar』를 훑어보다가 우스운 분노에 사로잡혀 잡지를 집어 던지고 타자기로 달려가 거기 실린 글의 어리석음과 때로 충격적이기까지 한 속물근성을 공격한다면 어떨까? 멋있지 않은가? 실은 내가 몇 년 전에 바로 그랬다. 우연히 본 『하퍼스 바자』 속 사진에 사진기자들의 평등에 대한 왜곡된 시선이 담겨 있었던 것이다. 그들은 푸에르토리코 뒷골목에서 원주민을 또다시 소품으로 활용하고 있었는데, 그 앞에는 굶주려 보이는 모델들이 그 나라에서 가장 비싼 상점들을 이용할, 더 마른, 과반수 여성들을 위해 포즈를 취하고 있었다. 그 사진에 격분한 나는 타자기로 달려가(진짜로 걷지 않고 뛰어갔다) 「태양과 그림자 Sun and Shadow」를 썼다. 한 푸에르토리코 노인이 모든 사진 촬영에 끼어들어 바지를 내려 『하퍼스 바자』 사진기자들의 오후를 망친다는 내용이다.

이런 일을 하고 싶어 하는 사람이 분명 몇몇은 있을 것이다. 나는 이 일을 하면서 재미있었다. 덕분에 그 글의 여파로 돌아온 야유와 불평, 비웃음을 털어낼 수 있었다. 『하퍼스 바자』의 편집자는 아마 듣지 못했겠지만 많은 독자가 외쳤다. "『하퍼스 바자』 이겨라", "브래드버리 이겨라!" 나는 승리하지 못했다. 그러나 내가 글러브를 내려놓았을 때 거기에는 상대의 피가 묻어 있었다.

순수한 분노에 사로잡혀 이런 글을 써본 게 언제가 마지막인가?

밤에 산책하길 좋아한다는 이유로, 이건 순전히 추측이지만, 동네에서 경찰관에게 검문을 당한 건 언제가 마지막인가? 나는 그런 일을 하도 자주 당해서, 짜증이 난 김에 「산책하는 사람The Pedestrian」을 썼다. 이 소설은 50년 후의 미래에 한 남자가 '텔레비전에 나오지 않는 현실을 보겠다', '공기 조절 장치를 거치지 않은 공기로 호흡하겠다'고 요구한 탓에 체포되어 임상 연구 대상이 된다는 내용이다.

분노와 짜증 말고, 사랑은 어떤가? 세상에서 가장 사랑하는 것은 무엇인가? 크건 작건 말이다. 기다란 전차? 테니스 신발? 이런 것들은 우리가 어릴 적만 해도, 우리에겐 마법과 같았다. 작년에 나는 전차의 마지막 운행을 함께한 소년에 관한 소설을 발표했다. 폭풍우 냄새로 가득하고, 차가운 녹색 이끼 같은 벨벳 좌석으로 채워져 있으며, 푸른색 전류가 흐르는 그 전차는, 훨씬 평범하고, 훨씬 현실적인 냄새가 나는 버스로 대체될 운명이었다. 또한 나는 강, 집,

길 그리고 덤불과 보도, 개도 뛰어넘을 수 있는 능력을 주는 새 테니스 신발을 갖고 싶어 하는 소년에 대한 소설도 썼다. 그 신발은 아프리카 여름 초원의 영양과 가젤처럼 소년의 가슴속에 뛰어들었다. 그 신발에는 거센 강물과 여름 폭풍우의 에너지가 있었다. 소년은 세상 무엇보다 그 신발을 가져야 했다.

그래서 간단히 말하자면 내 방식은 이렇다.

세상에서 가장 원하는 게 무엇인가? 사랑하는 것, 아니면 미워하는 것은 무엇인가?

인물(캐릭터)을 찾아라. 자기 자신과 같은, 진심을 다해 무언가를 원하거나 무언가를 원하지 않을 그런 인물을. 그를 출발선 앞에 세워라. 달리게 하라. 그리고 할 수 있는 한 가장 빨리 따라가라. 깊은 사랑이나 미움을 가진 인물은 작가를 소설의 끝을 향해 달리게 만든다. 인물의 욕구 속에 있는 열의와 열정은 주위를 불태우고 타자기의 온도를 30도 올린다. 그리고 사랑이 그러하듯 미움 속에도 열의가 **존재**한다.

이 모든 것은 기본적으로 이미 글쓰기라는 작업을 익힌 작가들에게 해당하는 말이다. 즉, 문법적 기술과 문학적 지식이 충분해서 달리고자 할 때 제 발에 걸려 넘어지지 않는 작가 말이다. 그러나 이 조언은 순전히 기술적인 이유로 걸음걸이가 불안정한 초보자라 할지라도, 여전히 유효하다. 열정은 초보자도 구원한다.

모든 글의 변천사는 마치 일기 예보처럼 읽혀야 한다. 오늘은 덥고, 내일은 춥다고. 오늘 오후, 집을 불태운다고. 내일, 폭발 직전의 숯 더미에 아슬아슬하게 찬물을 끼얹는다고. 내일 충분히 생각할 시간을 갖고, 편집하고, 다시 써라. 하지만 오늘은 폭발하고, 산산조각 나고, 해체되어야 한다. 원고를 예닐곱 번 고쳐 쓰는 일은 고문이다. 그러니 초고를 쓸 때 즐겨야 하지 않을까? 그 즐거움이 세상에서 나의 글을 읽어줄 사람들을 찾아낼 것이고 발견해줄 것이며, 함께 불타오를 것이라 희망하면서.

큰불이어야 할 필요는 없다. 작은 불꽃, 촛불이어도 된다. 전차 같은 기계적인 감탄이나 이른 아침 잔디 위를 내달리는 운동화 같은 동물적인 감탄에 대한 갈망도 괜찮다. 자그마한 사랑을 찾고, 발견하고 그리고 작은 괴로움으로 만들어라. 이를 음미하고 타자기로 옮겨보라. 시집 한 권을 읽거나 오후에 짬을 내어 에세이 한두 편을 읽어본 적이 언제가 마지막인가? '고령층과 준고령층의 질병 및 진행 과정에 관한 조사와 임상 연구'를 다루는 미국노인의학 학회지 『제리애트릭스Geriatrics』를 한 권이라도 읽어본 적 있는가? 또는 노스시카고에 있는 제약회사 애벗 래버러토리스에서 발간하는 잡지 『왓츠 뉴What's New』를 읽거나 아니면 본 적이라도 있는가? 거기에는 '제왕절개를 위한 투보쿠라린', '뇌전증에 사용하는 페나세미드' 같은 글뿐만 아니라 윌리엄 카를로스 윌리엄스, 아치볼드 매클리시의 시와 클리프턴 패디먼, 레오 로스텐의 소설도 실려 있으며, 표지와 내지의 삽화는 존 그로스, 에런 보로, 윌리엄 샤프, 러셀 콜스 등이 맡았다. 터무니없다고? 어쩌면. 하지만 터무니없든, 끔찍하든, 고상하든, 아이디어는 어디에나 있다. 아름다움을 보는 눈과 음미할 혀가 있는 사람들이 지나가지 않는 바람에 풀밭에 떨어져 썩어가는 사과처럼 말이다.

영국의 시인 홉킨스는 이렇게 표현했다.

알록달록한 것을 만드신 하나님께 영광을 돌려라.
얼룩무늬 젖소처럼 두 겹의 색을 가진 하늘에,
헤엄치는 송어에 점점이 박힌 장밋빛 반점에,
갓 불붙은 석탄 같은 떨어진 알밤에, 작은 새의 날개에,
목초지, 휴경지, 경작지로 조각조각 나뉜 풍경에,
그리고 모든 생업과 이를 위한 연장과 도구와 장비에.
완전히 다르고, 독창적이고, 진귀하고, 기이한,
변화무쌍하든, 무늬가 있든(어떻게 그리되었는지 누가 알까?),
빠름과 느림, 달콤함과 시큼함, 빛남과 흐림을 가진 이 모든 것을,
아름다움을 초월한 하나님을,
그를 찬양하라.
_「다채로운 아름다움Pied Beauty」

울프는 세상을 집어삼키고 용암을 토해냈다. 디킨스는 삶의 매 순간 다른 식탁에서 식사를 했다. 몰리에르는 사회를 경험하고 돌아서서 메스를 들었다. 포프와 버나드 쇼도 마찬가지였다. 문학계 어디를 보아도 위대한 이들은 사랑하고 미워하기 바쁘다. 글을 쓸 때 이런 기본적인 일들을 쓸모없다며 저버렸는가? 그렇다면 재미를 놓

치고 있는 것이다. 분노와 환멸의 즐거움, 사랑하고 사랑받는 즐거움, 요람부터 무덤까지 이어지는 가면무도회에서 감동하고 감동받는 즐거움을 말이다.

인생은 짧고, 고통은 당연하며, 죽음은 피할 수 없다. 그렇더라도, 글을 쓸 때만큼은, 열의와 열정이라는 이름의 풍선 두 개를 손에 쥐자. 이 풍선들을 가지고, 죽음으로 가는 여행을 하며, 나는 바보들의 엉덩이를 찰싹 때리고, 예쁜 소녀의 머리를 쓰다듬고, 감나무 가지 위에 앉아 있는 소년에게 손을 흔들 것이다.

나와 함께하고 싶은 이가 있다면, 콕시의 군대(1894년 제이콥 콕시가 주도한 실업자 시위대. 미국 경제공황에 불만을 품고 오하이오에서 워싱턴까지 행진했다_옮긴이)에 자리가 많다.

———
1973

빠르게 달리다 갑자기 멈추기,
계단 꼭대기에 있는 것,
오래된 마음에서 나타난 새로운 유령_____

빠르게 달리다 갑자기 멈추기. 바로 도마뱀에게서 얻을 수 있는 교훈이다. 또한 모든 작가를 위한 교훈이기도 하다. 우리는 거의 모든 살아 있는 생명체에게서 이와 똑같은 교훈을 찾을 수 있다. 뛰어오르고, 달리고, 멈추기. 속눈썹처럼 깜빡 닿았다 떨어지는 능력, 채찍처럼 딱 치고 빠지는 능력, 증기처럼 쓱 사라지는 능력, 잠깐 사이에 여기에서 저기로 움직이는 능력. 그런 능력으로 생명은 이 지구에 충만하다. 그리고 그 생명은 도망치지 않을 때는 꼼짝 않고 있다가, 아무도 보지 않을 때에만 움직여 사라진다. 저기 있다가, 저기에 없는 벌새를 보라. 떠올랐다 사라지는 생각, 여름 안개, 정화된 우주의 통로, 떨어지는 잎사귀 같은 것들을. 그 자리에는 속삭임만이 남는다.

　작가가 도마뱀에게서 배우고, 새에게서 훔칠 수 있는 것은 무엇인가? 바로 민첩함에 진실이 있다는 사실이다. 빠르게 말을 할수록, 빠르게 글을 쓸수록 좀 더 솔직해질 수 있다. 망설임에는 생각이 끼어든다. 지체하면 진실에 달려들기보다 스타일을 위해 애쓰게 된다. 하지만 진실만이 덫을 놓을 가치가 있는 **유일한** 스타일이다.

　서두르고 서두르는 중간중간에는 그럼 무엇을 해야 하는가? 카멜레온이 되어야 한다. 풍경에 따라 종류가 바뀌고, 색이 뒤섞이는. 오래전 할머니 집 창밖에 있던 빗물 통에서 넘친 빗물에 젖은, 먼지로 뒤덮인, 그런 돌이 되어라. 1923년 6월 아침, 여름의 첫날. 1926년 여름, 불꽃놀이 하던 밤. 1927년 여름의 마지막 날 또는 10월 1일 마지막 민들레가 폈던 날. 이런 글귀의 라벨들을 붙인 케첩 병 속의 민들레 와인이 되어라(브래드버리는 반자전적 성장 소설 『민들레 와인Dandelion Wine』(황금가지, 2009)을 써서 큰 주목을 받았다_옮긴이).

　이 모든 것을 하고 나면 작가로서 첫 성공이 따라온다. 편당 20달러를 받는, 『위어드 테일스Weird Tales』(판타지·공포 소설을 주로 연재하던 20세기 초 미국의 대중잡지_옮긴이)에 글을 싣는 작가.

　어떻게 하면 이런 잡지에 판타지 소설, 공포 소설 같은 새로운 유형의 글을 실을 수 있을까?

　대개는 우연이다. 글은 자신이 무엇을 쓰는지 알지도 못하는 사이에, 더구나 갑작스레, 툭 완성된다. 딱히 특정한 유형의 글을 새롭게 써보려 한 것도 아니다. 그런 글은 자신의 삶과 악몽 속에서 자연스레 나오는 법이다. 어느 순간 주위를 돌아보고는 새로운 무언가를 완성했음을 깨닫는 것이다.

　어떤 분야의 어떤 작가든 동시대의 책과 잡지에 실리는 글이나 이전에 유행한 글 속에 갇혀버리는 문제를 겪는다. 나는 어릴 때 찰스 디킨스, H. P. 러브크래프트, 에드거 앨런 포가 쓴 전통적인 유령

28
브래드버리, 본업하는 글쓰기

이야기를 좋아했고 나중에는 헨리 커트너, 로버트 블로흐, 클라크 애슈턴 스미스의 작품도 읽었다. 이런 다양한 작가에게 많은 영향을 받아 소설을 쓰려 했고, 모든 언어와 스타일을 뒤섞은 네 겹의 진흙 파이를 만드는 데 성공했지만, 파이는 물에 뜨지 않았고, 결국 흔적 없이 가라앉았다. 나는 자신의 문제를 파악하기에 너무나 어렸고, 모방하기에만 급급했다.

고등학교 졸업반 때 나는 나의 창조적인 자아를 우연히 발견할 뻔했다. 그때 나는 고향에 있는 깊은 협곡과 밤에 그곳에서 느낀 공포에 관한 긴 추억담을 썼다. 그러나 그 협곡에 착안한 소설을 쓰지는 못했고, 그런 탓에 앞으로 내가 하게 될 글쓰기의 진정한 근원을 발견하는 일은 몇 년간 유예되었다.

나는 열두 살 때부터 매일매일 적어도 1,000단어씩 글을 썼다. 하지만 수년간 마치 한쪽 어깨 너머에서는 포가, 다른 쪽 어깨 너머에서는 허버트 조지 웰스, 에드거 라이스 버로스 그리고 『어스타운딩 사이언스 픽션Astounding Science Fiction』, 『위어드 테일스』의 거의 모든 작가가 나를 지켜보는 듯했다.

나는 그들을 사랑했고, 그들은 나를 숨 막히게 했다. 나는 시선을 돌려 나 자신이 아닌, 내 얼굴 너머에서 벌어지는 일들을 보는 법을 알지 못했다.

내가 모방이라는 지뢰밭을 통과해 진정한 길을 찾기 시작한 것은 단어 연상을 통한 즐거움과 비결을 발견하면서부터였다. 그리고 마침내 멀쩡한 지뢰를 밟으려면 그 지뢰를 내 것으로 만들어야 한다는 사실을 깨달았다. 폭발해야 한다. 당연히. 다만 나 **자신**의 기쁨과 절망에 의해 폭발해야 한다.

나는 사랑하는 것들과 증오하는 것들에 대해 짧게 기록하고 묘사하기 시작했다. 스무 살과 스물한 살 내내, 나는 여름의 한낮과 가을의 깊은 밤을 맴돌며, 밝고 어두운 계절 어딘가에 진정한 내가 있으리라 느꼈다.

그러다 마침내 스물두 살의 어느 오후에 진정한 나를 발견했다. 첫 쪽에 '호수The Lake'라는 제목을 쓰고 두 시간 만에 소설을 완성했다. 그리고 나서 햇볕이 드는 베란다에서 타자기 앞에 앉은 채로, 눈물이 나서 코를 훌쩍이며, 목덜미 털이 쭈뼛 서는 걸 느꼈다.

왜 털이 쭈뼛 서고 코를 훌쩍였을까?

나는 드디어 내가 정말 훌륭한 소설을 썼다는 사실을 깨달았다. 소설을 쓴 지 10년 만에 처음이었다. 훌륭한 소설이었을 뿐만 아니라, 거의 새로운 유형의 여러 장르가 뒤섞인 글이었다. 전통적인 유령 소설이 아니라 사랑과 시간, 기억, 익사에 관한 소설이었다.

나는 「호수」를 에이전트인 줄리 슈워츠에게 보냈고, 그녀는 마음에 든다고 했지만, 익숙한 소설이 아니라서 계약하기는 힘들지도 모른다고 말했다. 『위어드 테일스』는 「호수」를 이리저리 살펴보고, 마뜩찮은 듯 건드려보더니, 마침내, 뭐 어때 하며, 그들의 잡지와 맞지 않더라도 실어주기로 했다. 다만 다음번에는 익숙한 유령 소설을 쓰기로 약속해야만 했다! 나는 약속했고, 그들은 고료로 20달러를 주었고, 모두가 행복했다.

아마 몇몇 이는 이후의 일을 알 것이다. 「호수」는 44년 동안 수십 번 재출간되었다. 그리고 털이 쭈뼛 선 채로 코를 훌쩍이는 한 남자를 수많은 잡지의 여러 편집자가 처음으로 주목하게 된 계기가 되었다.

「호수」를 통해 내가 명백하고, 효과적이며, 심지어 간단하기까지 한 교훈을 얻었을까? 전혀 아니다. 나는 전통적인 유령 소설 쓰기로 되돌아갔다. 글쓰기에 대해 많은 것을 이해하기에는 너무 어렸기 때문에 그때의 발견을 수년간 간과했던 것이다. 나는 사방을 돌아다니며 긴 시간 동안 형편없는 글을 썼다.

20대 초반에 내가 쓴 판타지 소설이 이따금 놀라운 설정에 더 놀라운 솜씨로 쓴 모방작이었다면, 내가 쓴 SF 소설은 최악이었고, 형사 소설은 터무니없었다. 당시 나는 사랑하는 친구 리 브래킷의 영향을 많이 받았다. 우리는 캘리포니아주 샌타모니카에 있는 머슬 비치에서 일요일마다 만났다. 그곳에서 나는 그녀가 쓴 「화성에 간 스타크Stark on Mars」를 읽거나, 『플린스 디텍티브Flynn's Detective』를 부러워하며 모방하려 했다.

그래도 그러는 사이에 나는 **단어들**을 죽 나열해 표제 목록을 만들기 시작했다. 그 목록은 자극이 되었고, 결국에는 더 좋은 재료를 끄집어내도록 해주었다. 나는 내 머리 꼭대기에 숨겨져 있는 작은 문 아래에, 무언가 진솔함으로 이어지는 길이 있다는 것을 느꼈다.

표제 목록은 이런 식이었다.

빠르게 달린다 걷거나 멈추기, 계단 꼭대기에 있는 것, 오래된 마음에서 나타난 새로운 유령

호수. 밤. 귀뚜라미. 협곡. 다락방. 지하실. 작은 문. 아기. 군중. 밤 기차. 안개고동. 낮. 축제. 회전목마. 난쟁이. 거울 미로. 해골.

마치 새에게 빵 조각을 던지듯 나의 잠재의식을 믿으니, 그냥 종이 위에 툭 던져놓은 단어들에서, 그 목록 속에서 일정한 형식이 보이기 시작했다.

표제 목록을 훑어보면서 나는 서커스와 축제에 관한 나의 오래된 사랑과 공포를 발견했다. 어머니가 회전목마를 처음 태워줬을 때 얼마나 무서웠는지, 기억이 떠올랐다가 사라지고, 그러다 다시 떠올랐다. 증기 오르간이 찢어질 듯 비명을 내고 세상이 빙글빙글 돌면서 무시무시한 말이 펄쩍 뛰어오르자 나는 꽥꽥 비명을 질렀다. 그리고 몇 년 동안 다시는 회전목마에 가까이 가지 않았다. 이윽고 수십 년이 지난 뒤, 회전목마는 나를 『사악한 것이 온다Something Wicked This Way Comes』(문학동네, 2022)(브래드버리가 1962년에 발표한 장편 소설_옮긴이)로 이끌었다.

하지만 그 일이 있기 한참 전부터 나는 계속해서 표제 목록을 만들었다.

초원. 장난감 상자. 괴물. 티라노사우루스. 시계탑. 늙은 남자. 늙은 여자. 전화기. 인도. 관. 전기의자. 마술사.

이 단어들의 끝에서, 나는 어쩌다가 SF 소설 같지 않은 SF 소

브래드버리, 글쓰기의 즐거움

설을 쓰게 되었다. 내가 원래 붙인 제목은 「R은 로켓의 R R is for Rocket」이었다. 하지만 발표는 「회색 우주의 왕King of the Grey Spaces」이라는 제목으로 되었다. 이 소설은 한 명은 우주 아카데미에 뽑혀서 떠나고 다른 한 명은 고향에 남아 있는 절친한 두 소년에 관한 이야기다. 원래는 모든 SF 잡지에서 퇴짜를 맞았는데 나중에 그 이유를 알고 보니, 설정이 우주여행이긴 해도 결국에는 시험대에 오른 우정에 관한 이야기라서였다. 그래도 결국 『페이머스 판타스틱 미스터리스Famous Fantastic Mysteries』의 매리 내딩거가 원고를 한번 살펴보더니 잡지에 실어주었다. 나는 너무 어렸던 탓에 그다음 벌어질 일을 알지 못했다. 「R은 로켓의 R」이 나를 소수에게 인정받고 다수에게 비난받는 SF 작가로 만들어줄 거라는 사실을 말이다. 나를 비난하는 사람들은 내가 SF 작가가 아니며, '대중' 작가라고 했지만 그건 내 알 바가 아니었다!

나는 계속해서 표제 목록을 만들었다. 거기에는 밤, 악몽, 어둠, 다락방 물건뿐만 아니라 우주에서 가지고 노는 장난감, 탐정 잡지에서 발견한 아이디어들도 들어갔다. 내가 스물네 살 때 『디텍티브 테일스Detective Tales』와 『다임 디텍티브Dime Detective』에 실은 형사 이야기는 대부분 다시 읽을 가치가 없다. 나는 여기저기서 내 발에 걸려 넘어졌고, 나를 공포에 떨게 했던 멕시코와 멕시코계 미국인의 폭동이 일어난 로스앤젤레스 시내를 꽤 잘 기억했다. 하지만 그 덕분에 거의 40년 동안 형사, 미스터리, 서스펜스 장르를 완전히 내 것으로 소화할 수 있었고 장편 소설 『죽음은 외로운 일Death Is a

Lonely Business」을 쓸 수 있었다.

다시 내가 만든 표제 목록으로 돌아가자. **왜** 돌아가느냐고? 내가 알려주려는 길이 어디일 것 같은가? 작가라면, 또는 작가가 되길 바란다면, 내가 쓴 것 같은 목록을 머릿속 한편에서 계속 건져 올려야 한다. 그래야 **자신**을 발견할 수 있다. 내가 이리저리 버둥대다 마침내 나를 찾은 것처럼.

나는 만들어놓은 표제 목록을 훑어보다가, 단어를 하나 고른 다음, 자리에 앉아서 그에 관한 긴 산문, 시, 에세이를 썼다. 그러면 첫 쪽 중간이나 둘째 쪽에서 산문시가 소설로 바뀌었다. 말하자면 갑자기 어떤 인물(캐릭터)이 나타나 "바로 '내' 이야기야." 또는 "그거 내가 '좋아하는' 아이디어로구먼." 하고는 작가인 나 대신에 소설을 완성하는 식이었다.

명사를 나열한 표제 목록을 통해 내가 배워나가고 있다는 사실은 분명해졌다. 나아가 내가 **인물**들을 홀로 두면, 하고 싶은 대로 하게 그냥 놔두면, 그들이 자신만의 환상과 두려움을 가지고 나를 **위해** 내가 할 일을 한다는 사실도 깨달았다.

한번은 표제 목록을 들여다보다가 '해골'을 보고 어린 시절에 처음으로 그린 그림을 기억해냈다. 어린 시절 나는 해골을 그려서 사촌 여자애들을 겁주곤 했다. 의료용으로 전시해놓은 두개골과 갈비뼈, 골반 모형에 마음을 빼앗겼고「피부를 벗어 던지고 뼈로 춤을 추는 건 죄가 아니야」라는 노래를 좋아했다.

어린 시절에 끄적였던 그림과 좋아했던 곡을 기억해낸 후, 어느 날 목이 아파서 병원에 갔다. 나는 목젖과 목 양쪽의 힘줄을 어루만지며 의사에게 의학적 조언을 구했다.

"당신의 병명이 뭔지 아시오?" 의사가 물었다.

"네?"

"후두의 **발견**!" 그가 의기양양하게 외쳤다. "아스피린을 드시오. 2달러요!"

후두의 발견이라니! 세상에, 이 얼마나 **아름다운가**! 종종걸음으로 집에 돌아오면서, 나는 내 목구멍과 갈비뼈 그리고 숨뇌와 무릎뼈를 느꼈다. 맙소사! 어째서 자신의 피부 아래 살 속에 '감춰져' 있는 해골을 발견하기 두려워하는 사람 이야기를 쓰지 않았던 거지? 해골은 역사상 모든 고딕 공포(18~19세기에 유행한 괴기스러운 분위기의 문학 장르. 대표작으로 『드라큘라Dracula』, 『프랑켄슈타인Frankenstein』 등이 있다_옮긴이)의 상징이지 않은가!

이 소설은 몇 시간 만에 저절로 쓰였다. 완벽하고 분명한 콘셉트였지만, 기이한 이야기의 역사상 누구도 이런 소설을 쓴 적이 없었다. 나는 타자기 안에 푹 빠져들어 완전히 새롭고 독창적인 소설을 썼다. 그건 여섯 살 때 처음으로 해골을 그린 이래로 내 피부 아래에 쭉 잠복해 있던 이야기였다.

추진력이 생기기 시작했다. 아이디어는 이제 더 빨리 그리고 몽땅 표제 목록 밖으로 나왔다. 나는 할머니 집의 다락방과 지하실을 살금살금 돌아다녔다. 또 한밤중에 일리노이주 북쪽을 가로지르며 울부짖는 기관차의 기적 소리도 들었다. 그 기관차는 사랑하는 이들을 먼 묘지로 데려가는 장례식 열차였고 죽음이었다. 새벽 5시에 링링브라더스 앤 바넘 앤 베일리 서커스단이 도착하던 순간도 기억했다. 해가 뜨기 전인데도 모든 동물이 빈 초원을 향해 열을 맞춰 갔으며 그곳에는 곧 커다란 천막이 거대한 버섯처럼 솟아올랐다. 그리고 미스터 일렉트리코와 그의 이동식 전기의자를 기억했다. 우리 고향 마을에 찾아와 마법 손수건을 춤추게 하고 코끼리를 사라지게 한 마술사 해리 블랙스톤도 기억했다. 관에 들어가 묘지로 영원히 떠나버린 할아버지, 여동생 그리고 숙모들과 사촌들도 기억했다. 묘지에는 나비가 꽃처럼 무덤 위에 앉아 있었고 꽃은 나비처럼 비석 위를 날아다녔다. 우리 집 개가 며칠 동안 사라졌다가 어느 늦은 겨울밤에 눈, 진흙, 나뭇잎을 털가죽에 가득 묻힌 채 집으로 돌아왔던 것도 기억했다. 그리하여 표제 목록 안에서 길을 잃고 단어 사이에 숨겨져 있던 이런 기억들로부터 소설이 폭발하며 터져 나오기 시작했다.

우리 집 개와 겨울날 그 털가죽에 관한 기억은 「밀사The Emissary」가 되었다. 아파서 침대에 누워 있는 한 소년의 이야기다. 소년은 개를 내보내며 털가죽에 계절을 수집해 와서 보고하라고 하는데, 어느 날 밤, 묘지에 다녀온 개가 '친구'를 데려온다는 내용이다.

내가 표제 목록에 적어두었던 '늙은 여자'라는 단어는 두 가지 소설이 되었다. 첫 번째 「늙은 여자가 있었다There Was an Old Woman」는 죽음에 저항하는, 죽기를 거부하고 장의사에게 자신의 몸을 되돌려달라고 요구하는 한 여자에 관한 이야기다. 두 번째 「불신의 계절Season of Disbelief」은 어느 아주 늙은 여인을 보고 그녀가 한때는 젊었으며 소녀였고 아이였다는 사실을 믿지 않는 아이들에 관한 소설이다. 첫 번째 소설은 나의 첫 단편집 『다크 카니발 Dark Carnival』에 실렸고 두 번째 소설은 장편 소설 『민들레 와인』의 일부가 되었다.

우리는 이제 확실히 알 수 있다. 사사로운 관찰, 기묘한 환상, 기발한 착상이 성공적이라는 것을. 나는 노인들에게 매료되었다. 나의 눈과 젊은 마음으로 그들의 미스터리를 풀려고 했지만 한때는 그들이 나였으며, 언젠가는 내가 그들이 될 것임을 깨닫고 끊임없이 충격에 빠졌다. 절대 그럴 리 없어! 하지만 바로 내 눈앞에 늙은 육신, 끔찍한 상황, 지독한 혼란에 갇힌 소년들과 소녀들이 있었다.

나는 다시 표제 목록에서 '유리병'이라는 단어를 뽑았다. 열두 살 그리고 열네 살 때 나는 축제에 전시된 인간 배아들을 보고 무척 놀란 적이 있다. 아주 오래전인 1932년과 1934년의 아이들은 당연히 성과 출산에 대해 아무것도 몰랐다. 그러니 내가 축제의 무료 전시를 돌아다니다가 라벨이 붙은 병에 인간, 고양이, 개의 배아가 담긴 것을 보고 얼마나 놀랐을지 상상할 수 있을 것이다. 나는 죽은 태아의 모습에 큰 충격을 받았다. 그날 밤 삶의 새로운 미스터리가 머릿속에 떠올랐고 몇 년 동안 떨쳐지지 않았다. 부모님에게는 그 유리병들과 포르말린에 담긴 배아들에 대해 절대 말하지 않았다. 어떤 진실들은 서로 말하지 않는 편이 더 좋다는 걸 그때 나는 깨달았던 것이다.

물론 이 모든 것은 내가 「유리병The Jar」을 썼을 때 세상에 드러났다. 축제와 배아 전시를 비롯한 오래된 모든 공포가 손끝에서 타자기 위로 쏟아져 나왔다. 오래된 미스터리가 마침내 소설 속에서 안식처를 찾았다.

나는 표제 목록에서 '군중'이라는 또 다른 단어를 찾았다. 그리고 격렬하게 글자를 타이핑하면서 뇌진탕에 관한 끔찍한 기억을 떠올렸다. 열다섯 살 때 친구 집에서 큰 소리를 듣고 달려 나가보니 차가 도로의 장애물을 들이받고 전신주로 날아가 두 동강이 나 있었다. 두 사람이 인도에 쓰러져 이미 죽어 있었고, 다른 한 여자는 내가 막 다가갔을 때 죽었다. 그 여자의 얼굴은 뭉개져 있었다. 또 다른 남자도 잠시 뒤 죽었다. 그리고 나머지 한 명은 이튿날 죽었다. 나는 그런 광경을 그때껏 본 적이 없었다. 충격에 휩싸인 채 집으로 걸어가며 계속 나무에 부딪혔다. 그 장면의 공포를 극복하는 데 몇 달이 걸렸다.

수년 뒤, 표제 목록을 앞에 두고 나는 그날 밤에 대한 기이한 점을 기억해냈다. 사고가 발생한 교차로 한쪽에는 폐공장과 버려진 운동장이 있었고, 그 반대쪽에는, 묘지가 있었다. 교차로에서 가장 가까이 있던 집에서 내가 달려 나간 것인데, 그 집은 사고 지점과 90미터가량 떨어져 있었다. 그런데 사람들이 몰려든 건 순식간이었다. 그들은 모두 어디에서 온 것일까? 시간이 흘러, 상상해보건대, 좀 이상하긴 하지만 그 사람들은 폐공장에서 나왔거나, 더 이상하지만 묘지에서 나왔다고밖에 할 수 없었다. 글을 쓰기 시작한 지 겨우 몇 분 만에 나는 그들이 '항상' 함께 몰려다니며 '모든' 사고에 나타난다는 아이디어를 떠올렸다. 그들은 수년 전 사고로 희생된 사람들이었고, 새로운 사고가 터지면 다시 돌아와 현장에 출몰하는 것이다. 이렇게 일단 아이디어가 떠오르면 소설은 그날 오후에 완성되었다.

한편 축제의 조형물들이 점점 내게 모여들기 시작했고, 그 커다란 뼈대들이 내 피부를 뚫고 밖으로 나오기 시작했다. 나는 자정이 한참 지난 후에 도착한 서커스에 관한 길고 긴 산문시를 쓰고 있었다. 그렇게 지내던 20대 초반의 어느 날 친구이자 동료 작가인 리 브래킷, 에드먼드 해밀턴과 함께 베니스 피어의 거울미로를 돌아다니는데 에드먼드가 갑자기 외쳤다. "여기서 나가자! 레이가 매일 밤 여기 들어와 커다란 확대 거울 앞에 서서 키를 크게 만들 수 있는 난쟁이 이야기를 쓰기 전에!" 나는 "바로 그거야!"라고 소리치고 집으로 달려와 「난쟁이The Dwarf」를 썼다. 그다음 주에 에드먼드는 이 소설을 읽고 이렇게 말했다. "입조심해야겠군."

표제 목록에 있는 '아기'라는 단어는 물론 나를 가리킨다. 나는 오래된 악몽 하나를 기억했다. 출생에 관한 것이다. 내게는 태어난 지 3일 만에 아기 침대에 누워 세상으로 내몰렸음을 알고 울었던 기억이 있다. 압박감과 추위를 느끼며, 삶을 향해 악을 썼다. 엄마의 가슴도 기억했다. 생의 넷째 날에 메스를 들고 나를 향해 몸을 구부려 할례를 행한 의사도 기억했다. 기억하고, 또 기억했다.

나중에 제목을 아기에서 「작은 암살자The Small Assassin」로 바꾸었다. 그 후 이 소설은 수십 번 선집에 실렸다. 나는 태어나는 순간부터 쭉 소설로, 또는 소설의 일부로 살아왔지만, 삶을 진정으로 기억하고 확실히 이해한 것은 20대가 되어서였다.

표제 목록에 있던 그 수많은 단어가 전부 내가 쓴 소설의 기초가 되었을까?

그건 아니다. 하지만 거의 그랬다. 1942년인가 1943년에 적어 둔 '작은 문'이라는 단어는 3년 전까지 묵어 있다가 『옴니Omni』에 실려 세상에 나왔다.

나와 우리 집 개에 관한 또 다른 소설은 세상에 나오기까지 50년이 넘게 걸렸다. 「용서해주세요, 신부님, 죄를 지었습니다Bless Me, Father, For I Have Sinned」에서 나는 열두 살 때 우리 집 개를 때렸던 일을 다시 체험하고, 그 일로 스스로를 결코 용서하지 못한 나 자신을 만나러 과거로 돌아갔다. 이 소설을 쓰면서, 잔인하게 굴었지만 슬퍼했던 소년을 마침내 심문했고, 소년의 영혼 그리고 내가 무척 사랑했던 개의 영혼에게 영원한 안식을 주었다. 덧붙여 말하자면 이 개는 묘지에서 '친구'를 데려온 「밀사」의 바로 그 개다.

그 시기에 나는 브래킷과 더불어 헨리 커트너를 스승으로 삼고 있었다. 그는 캐서린 앤 포터, 존 콜리어, 유도라 웰티 같은 작가와 『잃어버린 주말The Lost Weekend』, 『누군가의 고기One Man's Meat』, 『문간에 내리는 비Rain in the Doorway』 같은 책을 읽고 배우라고 추천했다. 그러면서 셔우드 앤더슨의 『와인즈버그, 오하이오Winesburg, Ohio』(시공사, 2016)도 한 권 주었다. 책을 다 읽은

브래드버리, 몰입하는 글쓰기

후, 나는 나 자신에게 '언젠가는 비슷한 인물들을 가지고 화성을 배경으로 소설을 써야지.' 하고 말했다. 그러곤 그 즉시 화성에다 데려다 놓고 어떤 일이 일어날지 보고 싶은 사람들 유형을 목록으로 적어 내려갔다.

이후 그 목록과 『와인즈버그, 오하이오』를 까맣게 잊었다. 몇 년 동안 나는 화성에 관한 연작 소설들을 썼다. 그러던 어느 날 고개를 들어보니 목록은 완전히 책으로 완성되어 있었고, 『화성 연대기The Martian Chronicles』(현대문학, 2020)가 출판을 앞두고 있었다.

그렇다. 간단히 말하자면, 목록의 단어들, 간혹 형용사와 함께 쓰인 그 단어들은 미지의 땅, 발견되지 않은 나라, 일부는 죽음 그리고 나머지는 삶을 묘사했다. **발견**을 위한 이 처방전들을 쓰지 못했다면 나는 결코 지금과 같은 갈까마귀(물건, 특히 반짝이는 물건을 수집하는 버릇이 있다_옮긴이) 고고학자나 인류학자가 되지 못했을 것이다. 그 갈까마귀는 삶과의 충돌에서 남은 파편들과 벅 로저스, 타잔, 존 카터, 콰지모도를 비롯해 나를 영원히 살고 싶게 하는 모든 존재가 뒤덮여 있는 내 머릿속의 쓰레기 더미에서 반짝이는 물체, 특이한 껍데기, 기형적인 뼈를 찾아냈다.

오래된 오페라 「미카도The Mikado」에 나오는 노래 「짧은 목록이 있네」처럼, 나에게도 목록이 있었다. 다만 길 뿐이었다. 그 목록은 나를 '민들레 와인'의 나라로 이끌었고 민들레 와인의 나라에서 '화성'으로 날아오를 수 있게 해주었으며, 동트기 전에 도착한 미스터 다크의 야간열차처럼 나를 다시 검은 와인의 땅에 부딪히게 했다.

하지만 목록을 무엇보다 가장 중요하게 채우고 있던 단어들은 새벽 3시에 인도를 따라 바스락거리는 나뭇잎들, 텅 빈 선로를 따라 달리던 장례 열차 그리고 갑자기, 아무런 이유도 없이, 조용해져서, 원치 않게 우리 자신의 심장 소리를 듣게 만드는 귀뚜라미들이었다.

그럼 마지막으로 드러난 단어는 무엇이었을까.

바로 고등학교 때 표제 목록에 적은 단어였던 '그것', 더 정확히는 '계단 꼭대기에 있는 그것'이었다.

일리노이주 워키건에 살던 시절, 우리 집에는 화장실이 위층에 하나밖에 없었다. 밤에 화장실에 가려면 불 꺼진 캄캄한 복도를 반쯤 올라가야 스위치를 찾아서 불을 켤 수 있었다. 나는 아버지에게 밤새도록 불을 켜놓자고 사정했다. 하지만 그러면 돈이 많이 들었다. 불은 늘 꺼져 있었다.

새벽 2시나 3시가 되면, 나는 화장실에 가고 싶어지곤 했다. 그럴 때면 일단 30분 동안 침대에 누워 있거나 아니면 화장실에 가고 싶은 고통과 다락방으로 이어지는 어두운 복도에서 나를 기다리고 있는 것 사이에서 괴로워했다. 그러다 마침내 고통에 못 이겨, 주방에서 복도 쪽으로 간신히 조금씩 걸음을 옮기며 생각했다. 빨리 달려서, 위로 올라가서, 불을 켜자. 절대 뭘 하든 위를 보면 안 돼. 불을 켜기 전에 위를 올려다보면, 그것이 거기 있을 거야. 그것. 계단 꼭대기에서 기다리는 끔찍한 존재. 그러니까 달려, 눈 감고, 보면 안 돼.

나는 달렸고, 뛰어 올라갔다. 하지만 언제나 마지막 순간에, 참지 못하고 눈을 깜빡이며 끔찍한 어둠 속을 응시했다. 그리고 거기에는 항상 그것이 있었다. 그러면 나는 비명을 지르며 아래층으로 내려가 부모님을 깨웠다. 아버지는 신음을 내고 침대에서 돌아누우며, 대체 이런 아들이 어디서 나왔는지 궁금해했다. 어머니는 일어나서 복도에 웅크리고 있는 나를 찾아낸 뒤 계단에 올라가 불을 켜주었다. 그리고 내가 화장실에 올라갔다가 내려올 때까지 기다렸다가 눈물로 얼룩진 내 얼굴에 키스하고 두려움에 떠는 몸을 침대에 뉘어주었다.

다음 날 밤과 그다음 날 밤과 그다음 날 밤에도 같은 일이 일어났다. 나의 과잉 반응에 화가 난 아버지는 오래된 요강을 꺼내어 내 침대 밑에 놓아두었다. 하지만 나는 결코 완치되지 않았다. 그것은 영원히 거기 있었다. 열세 살 때 서부로 이사를 간 이후에야 그것의 공포로부터 벗어날 수 있었다.

그래서 그것에 대한 악몽으로, 최근에 내가 무엇을 썼느냐고? 음…….

이제는 시간이 많이 흘렀지만, 그럼에도 여전히, 그것은 계단 꼭대기에 서서 나를 기다리고 있다. 1926년부터 1986년 봄이 된 지금까지 오랫동안 말이다. 그러나 마침내, 늘 의지하던 표제 목록을 작성하면서 종이 위에 '계단'이라는 단어를 더했다. 60년 동안 한곳에 붙들려 있던 어두운 계단과 극한의 냉기를 드디어 마주한 것이다. 내 얼어붙은 손끝을 타고 내려와 누군가의 뜨거운 핏속으로 들어가길 기다리던 어둠과 냉기. 이번 주에, 이 에세이를 쓰는 와중에, 나는 기억을 떠올리며 이 소설을 완성했다.

　이제 노트, 펜 그리고 표제 목록을 들고서, 자정이 넘은 시간에, 나만의 계단 밑에 있어보자. 단어를 떠올리고, 잠재된 자아를 깨우고, 어둠을 느껴라. '나만의 그것'이 저 위 어두운 다락방에서 기다리고 있다. 부드럽게 읊조린다면, 종이 위로 튀어나오려는 오래 묵은 단어들을 써 내려간다면⋯⋯

　계단 꼭대기에 있는 나만의 그것이 나만의 은밀한 밤에⋯⋯ 분명 **내려올** 것이다.

　　　　　　　　　　　　　　　　　　　　　　　　　　　　——
　　　　　　　　　　　　　　　　　　　　　　　　　　　　1986

뮤즈를 곁에 두고 먹을 것을 주는 법_____

그녀(그)를 곁에 두기란 쉬운 일이 아니다. 이 일을 꾸준하게 해 내는 사람은 아무도 없다. 너무 열심히 노력하면 상대는 겁을 먹고 숲으로 도망친다. 그 뒤에 서서 한가로운 척하며, 느긋하게 잇새로 휘파람을 불면서, 휘파람 소리를 몰래 들으며 따라오게 하면서, 은 근히 무시를 해야 꾀어낼 수 있다.

여기서 말하는 주인공은 물론 뮤즈다.

오늘날 뮤즈라는 단어는 힘이 빠졌다. 지금 그 단어를 들으면 우 리는 대개 양치식물을 몸에 두르고 하프를 손에 든 채로, 땀 흘리는 작가의 이마를 쓰다듬는, 연약한 그리스 여신의 모습을 떠올리며 미 소 짓는다.

뮤즈는 모든 여인 중에서 가장 겁이 많다. 소리가 들리면 흠칫 놀 라고, 질문을 던지면 얼굴이 창백해지고, 옷을 건드리면 몸을 돌려 사라진다.

무엇이 뮤즈를 괴롭히는가? 뮤즈는 왜 쳐다보면 움찔하는가? 어 디서 오며 어디로 가는가? 어떻게 하면 뮤즈를 더 오랫동안 머물게 할 수 있는가? 뮤즈는 어떤 날씨를 좋아하는가? 큰 목소리를 좋아하는가, 조용한 목소리를 좋아하는가? 뮤즈를 위한 음식은 어디서 살수 있는가, 음식의 질과 양은 어떠하며, 얼마나 오래 먹는가?

오스카 와일드의 시에서 '사랑'이란 단어를 '예술'로 바꾸는 것으로 이야기를 시작해보자.

예술은 너무 약하게 쥐면 날아가는데,
예술은 너무 세게 쥐면 죽어버리는데,
약한지 센지, 내가 어떻게 알 수 있겠는가.
내가 예술을 쥐고 있는지 놓고 있는지 어떻게 알겠는가.

'예술' 대신에 '창의력'이나 '잠재의식', '열정', 그 밖에 이야기가 **창조**될 때 일어나는 현상을 묘사하는 단어는 무엇이든 넣어도 된다. 뮤즈는 비문증과도 비슷하다. 눈의 무색투명한 유리체에 난 미세한 흠집, 모든 사람의 눈앞에 둥둥 떠다니는 가벼운 기포 같은, 빛을 다시 찬찬히 보면 떠다니는 작은 먼지들. 이런 것들은 몇 년 동안 있는지도 몰랐다가 처음 알고 집중해서 보게 되면 종일 참을 수 없이 성가시게 주의를 흐트러뜨린다. 또 시야를 방해해서 눈앞에 보이는 것들을 망쳐놓는다. 사람들은 이 '먼지' 때문에 의사들을 찾지만 그들은 항상 "사라질 테니까 무시하라"는 말만 하고 가버린다. 하지만 사실은, 사라지지 않는다. 남아 있다. 우리는 그들 너머에 있는 세상, 끊임없이 변화하는 이 세상에 초점을 맞추는 것뿐이다.

뮤즈도 마찬가지다. 우리가 뮤즈 너머에 초점을 맞추면 그녀는 침착함을 되찾고 방해가 되지 않게 비켜선다.

뮤즈를 곁에 두려면 우선 먹을 것을 주어야 한다. 아직 오지도 않은 존재에게 어떻게 먹을 것을 줄 수 있는지는 설명하기가 약간 힘들다. 그러나 우리는 역설에 둘러싸여 살고 있다. 역설이 하나 더 늘어난다고 해서 그리 힘들진 않을 것이다.

사실은 아주 단순하다. 우리는 일생 동안 음식과 물을 소화하고, 세포를 만들고, 성장하고, 커지고, 튼튼해진다. 없던 것이 **생긴다**. 하지만 그 과정을 느낄 수는 없다. 어느새 변화한 모습을 가끔씩 확인할 수 있을 따름이다. 그렇게 된다는 것은 알지만 방식이나 이유는 알지 못한다.

이와 마찬가지로 일생 동안 우리는 크고 작은 사건, 풍경, 동물과 사람의 감촉, 맛, 냄새, 모습, 소리를 우리 안에 채워 넣는다. 또 그에 대한 인상과 경험, 우리의 반응도 채워 넣는다. 우리의 잠재의식 속에는 사실 정보뿐만 아니라 우리가 느낀 일들로부터 멀어졌는지 가까워졌는지에 관한 반응 정보도 들어 있다.

바로 이러한 것들이 뮤즈가 먹고 자라는 음식이며 재료다. 우리 안에는 창고, 서류 뭉치가 있어서 깨어 있는 매 순간 그 안에 있는 기억으로 현실을 확인해야 한다. 또 자고 있을 때는 기억으로 기억을, 그러니까 환영으로 환영을 확인해야 하며, 필요하다면 이를 물리치기도 해야 한다.

뮤즈를 곁에 두고 먹을 것을 주는 법

다른 모든 사람이 창조적인 면에서 **잠재의식**이라고 하는 것이 작가에게는 바로 **뮤즈**가 된다. 잠재의식과 뮤즈는 하나의 대상을 가리키는 두 가지 이름이다. 하지만 무엇이라 부르든 간에, 여기에는 우리가 민주 사회에서 신전을 세우고 입에 발린 말로 찬양하는 척하는, 개인의 핵심이 있다. 독창성 같은 것도 있다. 잠재의식과 뮤즈는 마음을 쓰고, 기억하고, 잊어버리는 모든 경험 속에 있으므로, 각각의 인간은 세상의 다른 모든 이와 진정으로 다르다. 누구도 각자의 삶에서 같은 순서로 같은 사건을 겪지 않는다. 어떤 사람은 다른 사람보다 더 어릴 때 죽음을 목격하고, 어떤 사람은 다른 사람보다 더 빨리 사랑에 대해 알게 된다. 이 두 사람은 같은 사고 장면을 보더라도, 자신만의 문자를 써서, 서로 다른 상호 참조 항목으로 기억한다. 세상에는 118개가 아니라 20억 개의 원소가 있고, 빛의 파장과 무게가 모두 다르게 분석될 것이다.

우리는 사람들 하나하나가, 심지어 가장 느리고 둔한 사람일지라도, 얼마나 새롭고 독창적인지 안다. 적당히 다가가 함께 대화를 나누고, 하고 싶은 대로 하게 놔두면, 마침내 무엇을 원하는지(노인이라면 무엇을 **원했는지**) 물었을 때 사람들은 모두 자신의 꿈에 대해 말한다. 그리고 결정적인 순간에, 진심을 꺼내 말할 때, 그의 말은 시가 된다.

나는 살면서 그런 일을 한 번이 아니라 천 번은 경험했다. 아버지와 나는 최근까지 그리 친한 사이는 아니었다. 아버지의 언어, 생각은 매일같이 놀랄 만하지는 않았다. 하지만 내가 "아버지, 아버지가 열일곱 살 때 툼스톤은 어땠는지 말해주세요." 또는 "스무 살 때 미네소타의 밀밭은 어땠어요?"라고 물을 때마다 아버지는 열여섯 살 때 집에서 독립해 20세기 초반의 미국 서부로 향하던 이야기를 시작했다. 그때는 미국의 주 경계선이 최종적으로 정해지기 전이었으며 고속도로는 없었고 말이 다니는 길과 기찻길만 있었으며 네바다주에서 골드러시가 일어나던 시기였다.

1분이나 2분, 3분이 지나도 아버지의 목소리에는 아무런 변화가 없었고, 리듬이나 단어도 정확하지 않았다. 그러나 5~6분간 이야기가 이어지면서 파이프 담배에 불을 붙이고 나면, 갑자기 서부가 눈앞에 펼쳐지며 오래된 열정과 옛 시절, 예전 음악, 날씨, 태양의 모습, 사람들의 목소리, 밤늦게 이동하는 화물 기차, 감옥, 황금색 먼지 너머로 좁아지는 기찻길, 그 모두가 되살아났다. 그리고 거기에는 운율이 있었고, 진실한 순간이 많았으며 그리고 그 결과, 시가 있었다.

뮤즈가 갑자기 아버지 곁에 나타났다.

진실이 아버지의 머릿속에서 편안하게 떠올랐다.

잠재의식이 말이 되어, 고스란히 혀에서 술술 나왔다.

우리가 글쓰기에서 배워야 하는 게 이런 것이다.

우리는 우리 주변의 모든 남녀노소로부터 배울 수 있다. 그들이 오늘, 어제 그리고 오래전 어느 날 사랑했거나 미워했던 무언가를 이야기할 때, 우리의 마음은 흔들리고 움직인다.

불꽃이 튀기던 도화선이 어느 순간 타오르면서 불꽃놀이가 시작된다.

아, 전문적으로 언어를 구사하기란 수많은 사람에게 어렵고 힘든 일이다. 그러나 나는 다른 지역에서 이주한 농부들이 자신의 첫 농장에서 처음으로 재배한 밀 작물에 대해 이야기하는 것을 들었다. 그건 로버트 프로스트가 말하는 정도는 아니었지만 그의 아주 먼 친척뻘은 되었다. 또한 나는 기차를 타고 전국을 누비는 기관차 기술자들이 미국 땅을 마치 자기 마음대로 누비고 다녔던 토머스 울프처럼 이야기하는 것도 들었다. 또한 엄마들이 첫아이와 긴긴 밤을 보내며 행여나 자신과 아이가 죽을까 봐 두려워했던 이야기도 들었다. 우리 할머니가 열일곱 살 때 처음으로 댄스파티에 간 이야기도 들었다. 그들의 영혼이 뜨거워졌을 때, 그들은 모두 시인이 되었다.

만약 내가 빙빙 돌려 설명한 것 같다면, 아마 맞을 것이다. 다만 나는 우리 모두가 내면에 무엇을 가지고 있는지 보여주고 싶었다. 그것은 항상 거기에 있는 까닭에 알아차리는 이가 거의 없다. 사람들이 내게 어디서 아이디어를 얻느냐고 물어보면 나는 웃는다. 참 이상하다. 우리는 방법과 의미를 찾기 위해서 밖을 쳐다보느라 너무 바쁘고, **안**을 들여다보는 것을 잊는다.

뮤즈, 그 환상적인 저장고이자 우리의 완전한 존재가 바로 그곳에 있다. 그곳에서 우리가 독창적인 것을 불러일으키기를 기다리고 있다. 하지만 우리는 그러한 것들을 끌어내기가 쉽지 않다는 점을 안다. 아버지나 삼촌, 친구가 이야기를 엮어내는 형식이 얼마나 약한지 알 것이다. 잘못 고른 단어, 쾅 닫힌 문, 지나가는 소방차가 그들의 순간을 망친다. 또한 당혹감, 자의식, 잊기 어려운 비판은 평범한 이를 숨 막히게 만들고 자신을 내보이는 일을 점점 줄어들게 만든다.

우리가 모두 처음에는 삶을, 나중에는 책을 먹고 산다고 생각해보자. 삶은 우리에게 일어나는 일련의 사건이고, 책은 인위적으로 섭취하는 영양이라는 점이 다르다. 만약 자신의 잠재의식, 즉 뮤즈에 무언가 먹여야 한다면, 어떤 음식을 준비할 것인가?

먼저 이렇게 시작할 수 있다.

일생 동안 매일 시를 읽는다. 시는 자주 쓰지 않는 근육을 풀어주므로 좋다. 또 시는 감각을 확장하고 최상의 상태로 유지시킨다. 스스로 자신의 코, 눈, 귀, 혀, 손을 계속 의식하게 만든다. 무엇보다 시는 압축된 은유 또는 직유다. 은유는 접어놓은 종이꽃처럼 아주 크게 펼칠 수 있다. 시집의 모든 부분에서 아이디어를 찾을 수 있지만, 그럼에도 나는 단편 소설을 가르치는 사람이 시집을 보라고 조언하는 경우는 거의 보지 못했다.

내가 쓴 「일몰의 해안선The Shoreline at Sunset」은 플리머스록 근처에서 인어를 찾는 내용의 로버트 힐리어의 사랑스러운 시에서 영향을 받아 쓴 소설이다. 또한 「봄비가 내릴 거야There Will Come Soft Rains」는 세라 티즈데일이 쓴 같은 제목의 시를 바탕으로 했으며, 소설 본문에 시의 주제가 포함되어 있다. 『화성 연대기』의 한 챕터는 조지 고든 바이런의 시 구절 "달은 지금도 환히 빛나건만"에서 나왔고, 이 소설에서 나는 더는 늦은 밤 텅 빈 바다를 배회하지 않는 멸망한 화성인에 대해 이야기했다. 이런 예는 수십 가지도 더 있다. 그때마다 은유는 내게 뛰어들었고, 나를 질주하게 했으며, 글을 쓰게 했다.

그럼 어떤 시가 좋은가? 읽고서 팔뚝에 소름이 돋는 시는 무엇이든 괜찮다. 너무 무리하지 말고. 마음을 편히 갖자. 몇 년이 지나면 다른 작업 환경으로 바꾸는 길에 T. S. 엘리엇을 따라잡을 수 있고, 함께 갈 수 있고, 넘어설 수도 있다. 딜런 토머스를 이해하지 못하겠다고? 그럴 수 있다. 그렇지만 우리의 신경과 마음 깊숙한 곳의 지혜 그리고 아직 태어나지 않은 당신의 모든 아이는 이해할 것이다. 바람이 부는 날에 끝없이 펼쳐진 푸른 초원 위를 자유롭게 달려가는 말을 눈으로 읽듯, 그렇게 시를 읽어라.

그 밖에 또 무엇이 뮤즈의 음식으로 알맞은가?

에세이다. 이때도 마찬가지로, 몇 세기 동안의 작품들 사이를 천천히 걸으며 고르고 선택하라. 에세이의 인기가 사그라지기 이전의 작품부터 보면 살펴볼 것이 많다. 도보 여행자가 되거나, 꿀벌을 키우거나, 묘비를 조각하거나, 굴렁쇠를 굴리는 일에 관해 언제 더 자세히 알고 싶어 할지는 아무도 모를 일이다. 아마추어로서 여러 지식을 섭렵하면, 그만한 대가를 얻는다. 이는 사실 우물 아래로 돌을 떨어뜨리는 것과 같다. 잠재의식에서 울리는 메아리를 듣는 모든 순간순간, 우리는 자신을 조금 더 잘 알게 된다. 작은 메아리는 아이디어의 시작이 된다. 큰 메아리는 소설 쓰기로 이어진다.

독서를 할 때 세상의 색, 형태, 크기에 대한 감각을 키워주는 책을 찾아라. 또 후각과 청각에 대해서도 알아야 하지 않겠는가? 우리가 쓰는 소설 속 인물은 코와 귀를 사용할 때가 분명히 있으며, 도시의 냄새와 소리를 반쯤 그리워하고, 도시의 나무와 잔디밭에 아직 남아 있는 황야의 모든 소리를 그리워할지도 모른다.

왜 이렇게 감각을 강조하느냐고? 독자가 **그곳**에 있다고 믿도록 만들기 위해서는 색, 소리, 맛, 질감을 이용해 각각의 감각을 자극해야 하기 때문이다. 살갗에 내리쬐는 햇볕, 소매를 펄럭이는 바람을 독자가 느낀다면 반은 이긴 것이다. 가장 사실일 것 같지 않은 소설이라도, 독자가 자신의 감각을 통해 사건 한가운데에 있다고 느끼게 할 수 있다면 사실인 것처럼 만들 수 있다. 그러면 독자는 끼어들지 않을 수 없다. 사건의 논리는 언제나 감각의 논리에 진다. 물론 이때 미국이 기관총으로 독립혁명에서 승리했다고 쓰거나 공룡과 원시인(이 둘은 수백만 년을 사이에 두고 존재했다)을 한 장면 안에 등장시키는 잘못을 저질러서 독자를 글 밖으로 확 끌어내서는 안 된다. 그러나 이런 경우라도 기술적으로 완벽한 타임머신을 잘 묘사한다면, 불신을 거두어들일 수 있다.

시, 에세이 다음으로 단편 소설이나 장편 소설은 어떠한가? 당연히 좋다. 내가 쓰고 싶은 식으로 글을 쓰는 작가, 내가 생각하고 싶은 식으로 생각하는 작가의 책을 읽어라. 그러나 또한 전혀 그렇지 않은 작가의 책도 읽어라. 그리고 지난 몇 년 동안 전혀 생각해보지 않았던 방향으로 자극을 받자. 다시 한번 말하지만, 아무도 러디어 드 키플링(아동 소설 『정글북The Jungle Book』을 쓴 작가_옮긴이)의 작품을 읽지 않는다고 해서 다른 사람들을 의식해 키플링을 읽는 것을 포기하지는 말자.

지금 우리가 사는 시대와 문화에는 보물만큼이나 쓰레기도 엄청나게 많다. 때로는 보물과 쓰레기를 가려내기조차 힘들다. 그래서 우리는 자신의 의견을 말하길 두려워하며, 머뭇거린다. 그러나 이상한 사람으로 보이길 두려워해서는 안 된다. 자신의 기질을 형성하고, 다양한 관점의 진실을 모으고, 만화책과 텔레비전 쇼, 책, 잡지, 신문, 연극, 영화에 드러난 타인의 진실과 삶에 맞서 우리 자신을 다양하게 시험해야 한다. 나는 늘 알 캡의 연재만화 「릴 애브너L'il Abner」를 좋게 생각해왔다. 또한 「피너츠Peanuts」에는 아동 심리학에 관해 배울 점이 많다고 생각한다. 해럴드 포스터Harold Foster의 「원탁의 삼총사Prince Valiant」에는 그가 아름답게 그린 낭만적인 모험의 세계가 존재한다. 어릴 적에는 미국 중산층을 묘사한 멋진 일간 연재만화인 J. C. 윌리엄스의 「우리들이 사는 곳에Out Our Way」를 수집했는데, 이는 아마 내가 나중에 쓴 소설에도 영향을 미쳤을 것이다. 1935년에는 영화 「모던 타임스Modern Times」의 찰리 채플린에 푹 빠졌으며 1961년에는 올더스 헉슬리의 작품들을 열심히 읽었다. 나는 하나의 존재가 아니다. 내가 살아온 시대의 미국처럼 여러 가지 모습을 가지고 있다. 계속 움직이고, 배우고, 성장할 수 있는 감각을 지녔다. 그리고 나를 키워준 것들을 절대 매

브래드버리, 몰입하는 글쓰기

도하거나 저버리지 않는다. 나는 톰 스위프트와 조지 오웰에게서 배
웠다. 에드거 라이스 버로스의 『타잔Tarzan』 시리즈를 좋아했으며
(이 오래된 작품을 여전히 존경하지만 여기에 세뇌되지는 않을 것이다)
요즘은 C. S. 루이스의 『스크루테이프의 편지Screwtape Letters』를
즐겨 읽는다. 버트런드 러셀과 톰 믹스의 작품도 읽었다. 내 뮤즈는
좋은 것과 나쁜 것, 그저 그런 것 모두를 먹고 자랐다. 나는 미켈란
젤로의 바티칸 시스티나 천장화뿐만 아니라 오래전에 없어진 라디오
쇼 「빅과 사드Vic and Sade」도 사랑으로 기억하는 사람이다.

이 모든 것을 한데 묶는 공통점은 무엇인가? 내가 나의 뮤즈에게
쓰레기와 보물을 똑같이 먹였다면, 어떻게 나는 누군가 그런대로 괜
찮다고 말하는 글들을 쓰면서 여기까지 올 수 있었는가?

나는 모든 것을 묶어주는 한 가지 공통점이 있다고 생각한다. 나
는 지금까지 모든 일을 내가 하고 싶어 했고 좋아했기 때문에 신나게
했다. 나에게 세상에서 가장 위대한 사람은 하루는 론 체이니였고,
하루는 「시민 케인Citizen Kane」의 오슨 웰스였으며, 하루는 「리처
드 3세Richard III」의 로런스 올리비에였다. 이렇듯 사람은 바뀌지
만 변하지 않는 한 가지가 있다. 바로 열광, 열정, 즐거움이다. 나는
하고 싶은 일을 했고, 먹고 싶은 것을 먹었다. 마술사 해리 블랙스톤
이 내 고향에 와서 최고의 공연을 펼쳤을 때, 나는 그가 건네준 살아
있는 토끼를 들고 무대에서 내려와 멍하게 돌아다녔다. 마찬가지로
1933년 시카고에서 열린 세계박람회에서는 종이 반죽으로 만든 거

리를, 1954년 이탈리아 베네치아에서는 두칼레 궁전의 방들을 멍하게 돌아다녔다. 이 일들의 본질은 각각 아주 달랐지만, 이를 받아들이는 내 능력은, 똑같았다.

어떤 시기에 마주하는 모든 것에 같은 반응을 보여야 한다는 말이 아니다. 일단 그건 불가능하다. 나는 열 살 때, 쥘 베른은 받아들였지만 헉슬리는 거부했다. 열여덟 살 때, 울프는 받아들이고 벅 로저스는 넘겨버렸다. 서른 살 때, 허먼 멜빌을 발견했고 울프를 잃었다.

그래도 한결같은 점이 있었다. 손에 잡히는 것들을 찾고, 발견하고, 감탄하고, 사랑하고, 솔직하게 대하는 것이다. 어느 날 뒤돌아봤을 때 그것이 초라해 보일지라도 말이다. 나는 열 살 때 풀드 마카로니 포장지를 함께 넣어 보내면 값싼 도자기로 만든 아프리카 고릴라 조각상을 준다고 해서 응모한 적이 있다. 우편으로 도착한 고릴라 조각상은 다윗상이 처음으로 공개되었을 때만큼 내게 큰 환영을 받았다.

우리는 여기서 거의 대부분 뮤즈를 먹이는 일에 대해 이야기했다. 이 일은 나에게 사랑이 끝난 뒤에 이어지는 질주, 현재와 미래의 필요에 대비해 사랑을 확인하는 일처럼 여겨진다. 또한 단순함에서 복잡함으로, 순진함에서 노련함으로, 비지성에서 지성으로 옮겨가는 일처럼 보인다. 영원히 사라지는 것은 없다. 넓은 영역을 가로지르며 시시한 것들을 사랑했다면, 그간 모아둔 아주 기본적인 것들에서조차 배울 수 있을 것이며 삶 속에 간직할 수 있을 것이다. 모든 예술에 언제나 존재하는 호기심에서부터, 형편없는 라디오 쇼에서 훌륭한 연극까지, 자장가에서 교향곡까지, 밀림 속 주거지에서 프란츠 카프카의 『성The Castle』까지. 여기에는 걸러내야 하는 장점이 있다. 진실은 언젠가 발견되고, 지켜지고, 곱씹어지고, 사용될 것이다. 한 시대의 산물이 되려면 이 모든 것을 해야 한다.

돈 때문에 일생 동안 모은 모든 것을 외면하지 말자.

지적인 글을 출판하고자 하는 허영심에 자기 자신을 외면하지 말자. 자신을 남과 다른 사람으로 만들어주고, 그럼으로써 다른 이들에게 없어서는 안 될 존재로 만들어주는 내면을 외면하지 말자.

뮤즈를 먹이기 위해서는 어릴 때부터 항상 삶에 굶주려 있어야 한다. 그렇게 살아오지 않았다면, 시작하기에 조금 늦었다. 물론 하지 않는 것보다는 늦더라도 하는 편이 낫다. 할 수 있을 것 같은가? 밤에 도시나 마을 주변을 오랫동안 산책하거나 언제든 한낮에 교외로 나가 서점과 도서관을 긴 시간 돌아다닐 수 있겠는가?

뮤즈를 먹이는 일과 더불어 뮤즈를 어떻게 **계속 곁에 두는지**가 우리의 마지막 문제다.

뮤즈에게는 형체가 있어야 한다. 뮤즈에게 형체를 만들어주기 위해 10~20년 동안 하루에 1,000단어씩 글을 쓰면, 문법과 소설 구조에 대해서 아주 잘 배우게 되고, 이러한 것들이 뮤즈를 억누르거나 왜곡하지 않은 채로 잠재의식의 일부가 된다.

잘 살아감으로써, 살아가는 동안 깨달음으로써, 잘 읽음으로써,

잘 읽는 동안 깨달음으로써, 가장 본연의 자아를 먹일 수가 있다. 스스로 글쓰기를 훈련함으로써, 반복해서 연습하고 모방하고 좋은 본보기를 따라 함으로써, 뮤즈를 머무르게 할 깨끗하고 밝은 곳을 만들 수 있다. 그녀, 그 또는 무엇이든 간에 뮤즈가 돌아다닐 공간을 마련할 수 있다. 그리고 훈련을 통해 영감이 찾아왔을 때 함부로 빤히 보지 않을 만큼 긴장을 풀 수 있다. 그 즉시 타자기 앞으로 달려가서 영감을 종이 위에 영원히 남겨두는 법도 알 수 있다.

그리고 앞서 물은 질문들에 대한 답도 알 수 있다. 창의력, 즉 뮤즈는 큰 목소리를 좋아하는가, 조용한 목소리를 좋아하는가? 뮤즈는 크고 열정적인 목소리를 가장 좋아하는 듯하다. 목소리는 서로 반대되는 것들이 대립하고 갈등할 때 높아진다. 타자기 앞에 앉아 다양한 유형의 인물을 고르고 그들이 함께 큰 소리로 부딪히도록 두자. 그러면 그 즉시 숨어 있던 자아가 깨어난다. 우리는 모두 결정하고 주장하기를 좋아한다. 또한 찬성하고 반대할 때는 누구나 큰 소리를 낸다.

조용한 소설을 쓰지 말라는 말이 아니다. 조용한 소설도 다른 소설만큼이나 흥분되고 열정적일 수 있다. 고대 그리스 조각상인 「밀로의 비너스Vénus de Milo」의 조용하고 정적인 아름다움에도 자극은 있다. 여기서는 보이는 대상만큼이나 관중이 중요해진다.

진솔한 사랑이 이야기를 할 때, 진정한 감동이 시작될 때, 흥분이 일어날 때, 증오가 연기처럼 몸을 휘감을 때, 우리는 뮤즈가 평생 곁에 있을 것이라는 점을 절대 의심하지 않는다. 창의력의 핵심은 이야기의 핵심, 주인공의 핵심과 같아야 한다. 인물이 원하는 것은 무엇인가, 그의 꿈은 무엇인가, 그 꿈은 어떤 형태이며 어떻게 표현되는가? 이 표현이 인물의 삶 그리고 작가의 삶에 에너지를 주는 발전기가 된다. 진실이 폭발하는 바로 그 순간, 잠재의식은 휴지통 속에 든 파일에서 황금 책에 글을 쓰는 천사로 바뀐다.

그럼 이제 자신을 살펴보자. 수년간 자기 자신에게 먹인 모든 것을 생각해보자. 성찬이었는가, 절제된 식단이었는가? 친구들은 어떤 사람인가? 그들은 나를 믿는가? 아니면 조롱과 불신으로 나의 성장을 방해하는가? 후자의 경우라면 친구가 없는 것이다. 그리고 마지막으로, 좌절하지 않고 쓰고 싶은 소설을 쓸 수 있을 만큼 훈련을 했는가? 의식적인 가식이나 돈을 벌겠다는 욕망으로 진실을 해치거나 왜곡하지 않고, 긴장을 풀고 진솔하게 글을 썼는가?

잘 먹는다는 것은 성장한다는 뜻이다. 열심히 그리고 꾸준히 일한다는 것은 배워서 안 것을 최상의 상태로 유지하는 것이다. 경험과 노동. 이 둘은 동전의 양면과도 같지만 동전을 빠르게 돌리면 경험도, 노동도 아닌 새로운 발견의 순간이 나타난다. 동전은 착시에 의해 둥글게, 반짝이며, 빙그르르 돌아가는 삶의 모형이다. 바로 이때가 베란다에 놓인 그네의자가 조용히 삐걱거리고 목소리가 말을 하는 순간이다. 모두가 숨을 멈춘다. 목소리가 오르락내리락한다. 아버지가 지난날에 대해 이야기한다. 아버지의 입술에서 환영이 떠오른다. 잠재의식이 몸을 뒤척이며 눈을 문지른다. 뮤즈가 베란다 아래의 양치식물 사이를 돌아다니고, 잔디밭에 흩어져 있던, 어린 소년들이 귀 기울인다. 단어들은 아무도 뭐라 하지 않는 시가 된다. 아무도 그것을 시라고 부를 생각을 하지 않았기 때문이다. 거기에 시간이 있다. 거기에 사랑이 있다. 거기에 이야기가 있다. 잘 먹은 사람은 영원 속 그의 작은 운명을 조용히 드러낸다. 그것은 여름밤에 크게 들린다. 그리고 예로부터 언제나 그래왔듯이, 뭔가 말할 것이 있는 사람이 있을 때, 이를 듣는, 조용하고도 현명한 사람들이 있다.

마무리하는 글

내가 기억하는 첫 영화배우는 론 체이니다.

내가 그린 첫 그림은 해골이다.

내가 기억하는 처음으로 경외감을 느낀 대상은 여름밤에 일리노이주에서 본 별이었다.

내가 읽은 첫 소설은 잡지 『어메이징 스토리스Amazing Stories』에 실린 SF 소설이었다.

내가 처음 집을 멀리 떠난 것은 뉴욕으로 세계박람회를 구경하러 간 일이었다.

내가 처음으로 직업에 대해 결정을 내린 때는 마술사가 되어 세상을 여행하고 싶었던 열한 살이었다.

두 번째는 크리스마스 선물로 장난감 타자기를 받았던 열두 살 때였다. 그리고 그때 작가가 되기로 결심했다. 결심과 현실 사이에는 중학교, 고등학교 시절을 비롯해 로스앤젤레스의 길모퉁이에서 신문을 팔며 300만 단어를 썼던 8년이라는 시간이 있었다.

내가 쓴 글을 처음으로 받아준 곳은 잡지 『스크립트Script』였다. 그때 나는 스무 살이었다.

두 번째는 『스릴링 원더 스토리스Thrilling Wonder Stories』였다.

세 번째는 『위어드 테일스』였다.

그 이후로 나는 미국에 있는 거의 모든 잡지에 250여 편의 소설을 실었으며, 존 휴스턴 감독의 영화 「백경Moby Dick」의 시나리오 작업을 함께했다.

나는 『위어드 테일스』에 론 체이니와 해골 인간들에 관한 이야기를 썼다.

나는 장편 소설 『민들레 와인』에 일리노이주와 황야에 대해 썼다.

나는 새로운 세대가 가게 될, 일리노이주 하늘의 별들에 관해 썼다.

나는 어릴 적 뉴욕에서 본 세계박람회의 세상과 무척 비슷한 미래 세계를 종이 위에 펼쳐놓았다.

그리고 나는, 아주 뒤늦게, 나의 첫 꿈을 포기하지 않기로 결심했다.

나는 좋든 싫든 간에 결국은 마술사였고, 해리 후디니(탈출 묘기의 대가였던 미국의 마술사_옮긴이)의 이복형제이자, 블랙스톤의 토끼 아들이며, 오래된 극장의 영화 불빛 아래에서 태어난 존재였다(내 미들 네임은 더글러스다. 내가 태어난 1920년에 배우 더글러스 페어뱅크스는 한창 인기가 있었다). 내가 자란 시대는 완벽했다. 인간이 자신이 태어난 바다, 머물렀던 동굴, 발 딛고 섰던 땅, 쉬지 않고 숨 쉬었던 공기를 떠나는 마지막 큰 걸음을 떼던 시대였다.

요컨대, 나는 새로운 대중의 시대에 홀로 살아가는, 대중적 오락, 대중적 변화의 혼혈아다.

지금은 살기 좋은 시대이며, 그래야 한다면 죽기에도 좋은 시대다. 유능한 마술사라면 누구나 같은 말을 할 것이다.

———

1961

자전거 음주운전

1953년 『더 네이션The Nation』에 SF 소설가로서 내 일을 옹호하는 글을 쓴 적이 있다. 비록 매년 쓰는 글의 약 3분의 1만이 SF 소설가의 글이라고 불릴 만하지만 말이다.

그리고 몇 주가 지나 늦은 5월의 어느 날, 이탈리아에서 편지가 한 통 도착했다. 봉투 뒷면에는 가늘고 긴 글씨체로 이렇게 적혀 있었다.

버나드 베렌슨
이 타티, 세티냐노
피렌체, 이탈리아

나는 아내를 돌아보며 말했다. "맙소사, 위대한 미술사학자 베렌슨 바로 그분일까, 그럴 리 없겠지?"

"열어봐." 아내가 말했다.

나는 편지를 열어서 읽었다.

친애하는 브래드버리 씨

이건 내 여든아홉 인생에 처음으로 쓰는 팬레터라오.『더 네이션』
에 실린 당신의 글「내일 이후의 나날Day after tomorrow」을 방금 읽
었소. 이제껏 어느 분야의 예술가도 당신처럼 창의적으로 일하려
면 몸을 던져 장난이나 매혹적인 모험처럼 즐겨야 한다고 말한 사
람은 없었다오.
전문적인 글쓰기가 따분한 저술이 되어버린 사람들과 어찌나 다
르던지!
피렌체에 올 기회가 있다면 나를 만나러 와요.

진심을 담아, 버나드 베렌슨

그렇게, 서른세 살에 나는, 아버지나 다름없는 사람에게 내가 바
라보는 방식, 글을 쓰는 방식, 살아가는 방식을 인정받았다.

나는 그런 인정이 필요했다. 우리 모두는 자신보다 높고 현명하
고 나이 많은 사람이 우리가 미친 게 아니며, 우리가 하는 일이 괜찮
다고 말해주길 원한다. 괜찮아, 젠장, **좋다고!**

하지만 다른 작가, 다른 지식인이 주장하는 공통된 의견을 듣다
보면 자기 자신을 의심하기 쉽다. 그리고 그들 때문에 수치심에 얼
굴까지 붉어진다. 글쓰기는 원래 힘들고 고통스러우며 지독한 일이
고, 작가란 끔찍한 직업이다.

그렇지만 여러분도 알다시피, 나의 인생은 소설들이 이끌었다. 그것들이 고함치면 나는 따라갔고, 그것들이 잔뜩 쌓여 내 다리를 물면 나는 물리는 동안 일어나는 모든 일을 써 내려갔다. 이윽고 글이 완성되면, 아이디어는 나를 놔주고, 사라졌다.

이것이 내가 살아온 삶의 방식이다. 아일랜드 경찰이 한때 단속했던 자전거 음주운전과도 같다. 삶에 취해서, 이다음에 어디로 갈지 알지 못한다. 그러나 새벽이 오기 전에 우리는 자신의 길을 찾게 된다. 그리고 그 길은 정확히 절반은 두려움, 절반은 흥분으로 덮여 있다.

내가 세 살 때 어머니는 일주일에 두세 번씩 영화관에 나를 몰래 데리고 들어갔다. 나의 첫 영화는 론 체이니가 주연한 「노트르담의 꼽추The Hunch Back Of Notre Dame」였다. 1923년, 오래전 그날, 나의 등뼈와 상상력이 영원히 구부러지는 듯한 느낌을 받았다. 그때 이후로 나는 나와 닮은, 아주 괴기스러운 어둠의 동지를 보면 바로 알아보았다. 나는 재미있게 무서운 체이니의 모든 영화를 보고 또 보기 위해 집을 빠져나오곤 했다. 「오페라의 유령The Phantom of the Opera」 속 유령은 언제나 내 곁에 주홍색 망토를 두른 채 서 있었다. 유령이 아닐 때는 「고양이와 카나리아The Cat and the Canary」에 나오는 끔찍한 손이 되어 책장 뒤에서 손짓하며, 나에게 책들 속에 숨겨진 어둠을 찾으라고 명령했다. 그렇게 나는 괴물과 해골, 서커스, 축제, 공룡 그리고 마침내 붉은 행성 화성과 사랑에 빠졌다.

나는 이러한 원초적인 벽돌로 인생과 경력을 쌓아 올렸다. 내 삶의 모든 좋은 일은 이런 놀라운 것들을 모두 사랑했기에 일어났다.

달리 말하자면, 나는 서커스를 부끄러워하지 **않았다**. 어떤 사람들은 서커스를 부끄러워한다. 날이 밝으면 서커스단은 시끄럽고, 상스러우며, 냄새가 나기 때문이다. 사람들은 대개 열네 살이나 열다섯 살이 되면 자신이 사랑하던 것, 오래된 취향과 아무 이유 없이 좋아했던 취미를 하나씩 버린다. 그래서 어른이 되면 그 어떤 재미도, 열정도, 열의도, 특색도 남질 않는다. 그렇지 않은 사람들은 비난을 당한다. 그들은 기가 잔뜩 죽어서, 스스로도 자신을 비난하게 된다. 어둑하고 서늘한 여름날 새벽 5시에 서커스단이 도착해 증기 오르간 소리가 사방에 울려 퍼져도, 사람들은 일어나 뛰어나가지 않고, 그저 잠결에 몸을 뒤척이곤, 일상을 살아간다.

그렇지만 나는 일어났고 달려 나갔다. 아홉 살 때 나는 내가 옳고 다른 사람들이 틀렸다는 것을 알았다. 바로 그해에 벅 로저스가 나타났고, 나는 즉시 사랑에 빠졌다. 벅 로저스가 나오는 잡지란 잡지는 죄다 모았고, 거기에 완전히 미쳐버렸다. 친구들은 나를 힐난했고 비웃었다. 결국 나는 만화를 모두 찢어버렸다. 그리고 한 달 동안 멍하고 공허한 상태로, 교실을 왔다 갔다 했다. 그러던 어느 날 눈물을 터트리며 나에게 도대체 어떤 참사가 일어난 건지 돌이켜보았다. 답은 벅 로저스였다. 그가 사라져서 인생이 살 만한 가치가 없었던 것이다. 다음으로 든 생각은, 만화를 찢게 해서 내 인생까지도 반 토막

내버린 이들은 친구가 아니라는 것이었다. 그들은 내 적이었다.

나는 다시 벅 로저스 만화를 모았다. 그날 이후로 내 인생은 행복했다. 이것이 내가 SF 소설을 쓰게 된 계기다. 나는 이제 우주여행이나 사이드쇼(손님을 끌기 위한 짤막한 무료 공연_옮긴이), 고릴라를 좋아하는 나의 취향을 비판하는 사람들의 말은 절대 듣지 않는다. 그런 일이 있으면 공룡을 챙겨서 그 자리를 떠난다.

알다시피, 이 모든 게 거름이 된다. 앞서 말한 모든 것을 평생 동안 눈에 담고 머리에 채워 넣지 않았다면, 소설의 아이디어를 얻기 위해 단어를 연상할 때 시시한 것과 아무 가치 없는 것만 엄청나게 써댔을 것이다.

내가 쓴 「대초원에 놀러 오세요The Veldt」는 이미지, 신화, 장난감이 가득한 머릿속에서 어떤 일이 벌어지는지 보여주는 아주 좋은 예다. 나는 30년 전 어느 날 타자기 앞에 앉아 '놀이방'이라는 단어를 썼다. 어떤 놀이방? 과거의 놀이방? 아니야. 현재? 절대 아니지. 미래? 그래! 그렇다면 미래의 놀이방은 어떤 모습일까? 나는 놀이방을 중심으로 단어를 연상하며 쓰기 시작했다. 미래의 놀이방에는 벽과 천장에 텔레비전 모니터가 줄지어 있을 것이다. 아이는 이런 놀이방 안에서 큰 소리로 외친다. 나일강! 스핑크스! 피라미드! 그러면 그것들이 아이를 빙 둘러싸고, 총천연색으로, 자연의 소리 그대로 나타난다. 안 될 게 뭐 있겠는가? 코를 위해 지독하고도 강렬한 향기와 냄새와 악취도 하나 고르자!

이 모든 아이디어가 빠르게 글자를 쓰는 단 몇 초 사이에 떠올랐다. 나는 놀이방에 대해 알았고, 이제 그 놀이방에 안에 인물들을 집어넣어야 했다. 조지라는 이름의 인물을 쓰고는, 그를 미래의 부엌으로 데려갔다. 그의 아내가 돌아서며 말했다.

"조지, 놀이방 좀 봐줘. 고장 난 것 같아."

조지와 아내는 복도를 따라 걸어간다. 나는 다음에 무슨 일이 일어날지 모른 채 미친 듯이 글을 써 내려가며 그들을 따라간다. 그들이 놀이방 문을 열고 들어간다.

아프리카. 뜨거운 태양. 독수리. 죽은 짐승의 살점. 사자.

두 시간 후 사자가 놀이방의 벽에서 훌쩍 뛰어나와 조지와 아내를 집어삼켰고, 그 옆에서 아이들은 텔레비전에 빠져 차를 홀짝거렸다.

단어 연상이 끝났다. 이야기도 끝났다. 120분가량의 시간 동안 아이디어가 폭발했고, 모든 것이 완벽했으며 편집자에게 보낼 준비를 거의 마쳤다.

놀이방의 사자는 어디서 왔느냐고? 내가 열 살 때 마을 도서관의 책에서 읽은 사자에게서 왔을 것이다. 아니면 내가 다섯 살 때 서커스에서 실제로 본 사자에게서 왔을 것이다. 그것도 아니면 1924년 론 체이니의 영화 「뺨 맞은 남자He Who Gets Slapped」속에서 어슬렁거리던 사자에게서 왔을 것이다.

1924년이라니! 믿기 어려울 수 있다. 그렇지만 1924년이 맞다. 나는 1년 전에야 비로소 그 영화를 다시 보게 되었다. 영화가 스크린에 비치자마자 나는 「대초원에 놀러 오세요」속의 사자가 이 영화에서 나왔다는 것을 알았다. 사자는 그 세월 동안, 가만히 숨어서, 기다리고 있었던 것이다. 직관에 따라 움직이는 나의 자아가 마련한 피난처에서.

나는 유별난 괴짜다. 내 안에는 모든 것을 기억하는 아이가 있다. 나는 태어난 날과 시간을 기억한다. 태어난 지 사흘 만에 할례를 받은 것을 기억한다. 어머니의 가슴을 물고 젖을 빨던 것을 기억한다. 몇 년이 지나 어머니에게 할례에 대해 물은 적이 있다. 그렇지만 그건 내가 들을 수 없는 정보였다. 어린애에게 말해줄 이유가 없었으니까. 더욱이 그 당시는 아직 빅토리아 시절에서 벗어나지 못한 때였다. 산부인과가 아닌 다른 어떤 곳에서 할례를 받은 건가? 그랬다. 아버지가 나를 병원에 데려갔다. 나는 그 의사를 기억한다. 메스를 기억한다.

그로부터 26년 후에 「작은 암살자」라는 소설을 썼다. 이 소설은 모든 감각이 살아 있는 채로 태어난 한 아기가 차가운 세상으로 내몰린 공포에 가득 차, 밤마다 몰래 기어다니며 부모에게 복수를 하고 마침내 그들을 파멸시킨다는 내용이다.

이 모든 일이 실제로 시작된 것은 언제였을까? 글쓰기 말이다. 1932년 여름과 가을, 초겨울에 모든 게 하나로 합쳐졌다. 그 당시 나는 벅 로저스, 에드거 라이스 버로스의 소설, 심야 라디오 쇼 「마술사 챈두Chandu the magician」로 가득 차 있었다. 챈두는 마술과 심령술, 동방의 나라들, 낯선 장소 등에 대해 이야기했고 나는 매일 밤 기억을 더듬어 그날 방송의 대본을 써 내려갔다.

그런데 브론토사우루스와 함께 위층에서 굴러떨어져 오파의 라(타잔 시리즈에 나오는 등장인물_옮긴이)로 되살아나는 일과 마술 그리고 신화가 미스터 일렉트리코 한 사람에 의해 하나로 뒤섞였다. 미스터 일렉트리코는 내가 열두 살이던 1932년 노동절 주말에 지저분하고 별 볼 일 없는, 딜 브라더스 컴바인드 쇼단과 함께 왔다. 3일 동안 매일 밤, 그는 자신의 전기의자에 앉아, 100억 볼트짜리 순수한 푸른색 전류와 함께 타올랐다. 관객들에게 다가올 때, 그의 두 눈에는 섬광이 번뜩였고, 흰 머리카락은 삐죽 솟아 있었으며, 웃는 이 사이로 불꽃이 튀었다. 그는 불꽃으로 기사 작위를 주듯, 엑스칼리버로 아이들의 머리를 살짝살짝 건드렸다. 그가 나에게 다가왔을 때였다. 그가 내 두 어깨와 코끝을 두드렸다. 그러자 번갯불이 일었다. 미스터 일렉트리코가 외쳤다. **"불멸의 삶을 살지어다!"**

나는 그때까지 내가 들은 말 중 미스터 일렉트리코가 한 말이 가장 훌륭하다고 생각했다. 다음 날 나는 미스터 일렉트리코에게 산동전 마술 도구가 고장 났다는 핑계로 그를 만나러 갔다. 그는 도구를 고쳐준 뒤, 모두에게 "말 좀 가려서 해"라고 소리치면서, 텐트 여기저기를 구경시켜주고는, 대기하고 있던 난쟁이, 곡예사, 뚱뚱한 여자, 문신을 새긴 남자도 만나게 해주었다. 우리는 미시간호 호숫가로 걸어 내려갔고 거기서 미스터 일렉트리코는 그의 작은 철학을 이야기했으며 나는 나의 큰 철학을 이야기했다. 그가 왜 나를 받아주었는지, 나는 결코 알지 못한다. 어쩌면 고향에서 멀리 떠나왔기 때문에, 세상 어딘가에 아들이 있거나 아들이 있길 바랐기 때문에,

브레드베리, 글쓰기에 관하여

내 말을 들었거나 듣는 척했을 것이다. 어쨌든 그의 말에 따르면, 그는 파면당한 장로교 목사였고, 일리노이주 카이로에 살고 있었으며, 내가 원하면 언제든 그에게 편지를 쓸 수 있었다.

그리고 마침내 그가 특별한 소식을 알려주었다.

"우리는 전에 만난 적이 있단다. 넌 1918년 프랑스에서 나의 가장 친한 친구였고, 그해 아르덴 숲 전투에서 내 품에 안겨 죽었어. 그리고 새로운 몸, 새로운 이름으로 다시 태어나서, 여기에 이렇게 있는 거야. 돌아온 걸 환영한다!"

나는 미스터 일렉트리코와 만나서 두 가지 환상적인 선물을 받고 무척 들뜬 마음에 비틀거리며 돌아왔다. 하나는 전생을 한 번 살았다는 것(그리고 그 이야기를 들은 것)이었고, 다른 하나는 영원히 살리라는 것이었다.

그로부터 몇 주 후 나는 화성에 관한 첫 번째 단편 소설을 쓰기 시작했다. 그때부터 지금까지, 글쓰기를 결코 멈추지 않았다. 내게 촉매제가 되어준 그가 어디에 있든 신의 축복이 함께하길.

앞서 말한 모든 면을 고려하면, 나의 첫 글쓰기는 아무래도 다락방에서 시작되었다고 할 수 있다. 나는 열두 살 때부터 스물두세 살 때까지 자정이 넘은 깊은 밤에 글을 썼다. 귀신과 유령, 음산하고 기분 나쁜 축제에서 본 유리병 속에 든 것들, 호수의 물살에 잃어버린 친구들, 대낮에 저격당하지 않기 위해 어둠을 틈타 도망쳐야 했던 새벽 3시의 영혼들에 대해 틀에 박히지 않은 자유로운 글을 썼다.

내가 다락방에서 내려와 나 자신에 대해 쓰기까지는 여러 해가 걸렸다. 다락방에서 나는 나 또한 결국 죽으리라는 사실(10대의 흔한 고민거리 중 하나)을 그럭저럭 받아들여야 했다. 그리고 마침내 거실을 지나, 와인이 될 준비를 마친 민들레가 있는 잔디밭과 햇볕 속으로 나갔다.

미국 독립기념일인 7월 4일에 친척들이 모인 집 앞마당에서 나는 일리노이주 그린타운을 배경으로 하는 소설들을 떠올렸을 뿐만 아니라 버로스와 존 카터의 조언에 따라, 나의 어린 시절 여행 가방을 들고 삼촌, 숙모, 어머니, 아버지 그리고 형과 함께 화성으로 떠났다. 화성에 도착했을 때, 나는 그동안 나를 기다리고 있던 그들을, 정확히 말하자면 나를 무덤 속에 집어넣으려는, 그들과 닮은 화성인들을 발견했다. 그린타운에 관한 단편 소설들은 우연히 『민들레 와인』이라는 장편(연작) 소설이 되었고 화성 이야기도 어쩌다 보니 『화성 연대기』라는 장편(연작) 소설이 되었다. 그리고 중간중간, 그 소설들을 쓰는 동안 나는 할머니 집 바깥에 있는 빗물 통으로 달려가서 또 다른 모든 기억, 신화, 단어 연상을 퍼냈다.

그 과정에서 나는 또한 친척들을 뱀파이어로 재창조했다. 그들이 사는 마을은 3차 탐험대가 숨을 거둔 화성 마을처럼 어두웠으며, 『민들레 와인』 속 마을과 비슷했다. 그런 까닭에 나는 서로 다른 세 가지 삶을 살았다. 마을 탐험가로, 우주여행자로, 드라큘라 백작의 미국인 친척들과 함께 다니는 방랑자로.

그러고 보니 내 소설에 자주 등장하는 한 생명체에 대해서는 아직 절반도 채 소개하지 못했다. 악몽에서 떠올라 외로움과 절망 속으로 침몰하는 것, 바로 공룡이다. 나는 열일곱 살부터 서른두 살까지 공룡에 관한 소설을 대여섯 편 썼다.

아내와 내가 월세 30달러짜리 신혼부부 아파트에서 살던 어느 날 밤에, 우리는 캘리포니아주에 있는 베니스 해변을 따라 걷다가 베니스 피어 근처에서 모래 위로 쓰러진 오래된 롤러코스터의 버팀대, 선로, 연결 끈이 바다에 먹히고 있는 모습을 보았다.

"저 공룡은 해변에 누워서 뭐 하는 거지?" 내가 말했다.

아내는 매우 현명하게 아무런 대꾸를 하지 않았다.

답은 다음 날 밤에 들려왔다. 나는 어떤 목소리의 부름에 잠에서 깨어났다. 일어나서 들어보니, 샌타모니카만의 안개고동(안개가 끼었을 때 선박이 충돌하는 것을 막기 위해 등대나 배에서 울리는 고동의 북한말. 표준어로는 '무적霧笛'이나 여기서는 국내 번역본의 표기를 따른다_옮긴이)이 내는 외로운 목소리가 쉴 새 없이 계속해서 들렸다.

그렇군! 나는 생각했다. 그 공룡은 등대의 안개고동 소리를 듣고 먼 과거로부터 왔으며, 사랑을 찾기 위해 헤엄쳐 왔지만, 알고 보니 그건 안개고동일 뿐이었다는 것을 깨닫고, 상심한 나머지 해변에서 죽었던 것이다.

나는 침대에서 뛰쳐나가 소설을 쓴 다음 그 주에 『새터데이 이브닝 포스트Saturday Evening Post』에 보냈고, 소설은 곧 「심해에서 온 괴물The Beast from 20,000 Fathoms」이라는 제목으로 실렸다. 이 소설의 원제는 「안개고동The Fog Horn」으로, 2년 뒤 영화화되었다.

자전거 음주운전

1953년에는 이 소설을 읽은 존 휴스턴 감독이 그 즉시 전화를 걸어와 그의 영화 「백경」의 시나리오를 써보면 어떻겠냐고 물었다. 나는 제안을 수락했고, 공룡에서 고래로 넘어갔다.

나는 「백경」 때문에 허먼 멜빌과 쥘 베른의 삶을 다시 찬찬히 살펴보았으며, 『해저 2만 리Vingt mille lieues sous les mers』의 새 번역본을 소개하기 위해 쓴 에세이에서 이들 두 작가가 창조한 미친 선장을 비교했다. 그 글을 읽은 1964년 뉴욕 세계박람회 관계자들은 나에게 미국관 위층 전체의 콘셉트를 정하는 책임을 맡겼다.

그러자 그 미국관을 본 월트디즈니사가 1982년에 개장될 예정이자, 영원한 세계박람회가 될, 에프코트(디즈니월드의 테마파크 중 하나_옮긴이)의 스페이스십 어스에 들어갈 프로그램을 계획하는 데 도움을 달라고 요청해왔다. 바로 그곳에, 나는 인류의 역사를 집어넣었고, 시간을 과거와 미래로 왔다 갔다 하게 했으며, 거친 미래의 우주 속으로 뛰어들게 했다. 공룡들도 만나게 했고.

나의 모든 창작물, 나의 모든 성장, 나의 모든 새로운 일과 새로운 사랑은 내가 다섯 살에 본 뒤 스무 살, 스물아홉 살, 서른 살에 이르기까지 아주 소중히 간직했던 공룡에 대한 순수한 사랑에서 비롯되고 창조된 것들이다.

내가 쓴 소설들을 쭉 살펴보다 보면 아마도 내게 실제로 일어난 일을 한두 가지쯤은 찾을 수 있을 것이다. 살면서 나는 어딘가에 가서 그곳의 지방색, 원주민, 풍경과 느낌을 '흡수'하기를 대개 거부해왔다. 그럼에도 내가 한눈을 판 사이에, 나의 잠재의식이 거의 모든

것을 '흡수'하며 수년이 지난 뒤 그중 쓸 만한 인상을 문득 떠올린다
는 사실을 오래전에 깨닫게 되었다.

젊었을 때 로스앤젤레스에 있는 멕시코계 미국인 지역의 공동주
택에서 산 적이 있다. 내가 쓴 라틴계 사람들이 나오는 소설 대부분
은 그 공동주택에서 이사를 나간 지 수년이 흐른 뒤에 썼지만, 단
하나 그곳에서 쓴 무서운 소설이 있다. 제2차 세계대전이 막 끝난
1945년 후반에 한 친구가 오래되고 낡은 포드 V-8을 타고 멕시코
시티에 함께 가자고 했다. 나는 그에게 내가 어쩔 수 없는 상황 때
문에 가난하다는 사실을 상기시켰다. 그러자 그는 왜 용기를 내어
숨겨둔 소설 서너 편을 출판사에 보내지 않느냐며, 나를 겁쟁이라
고 타박했다. 내가 소설을 쓰고도 숨겨둔 것은 몇몇 잡지사에서 한
두 번씩 거절을 당했기 때문이었다. 친구에게 혼쭐난 뒤, 나는 묵
혀둔 소설들을 꺼내 윌리엄 엘리엇이라는 가명으로 잡지사에 보냈
다. 왜 가명을 썼느냐고? 맨해튼의 편집자 가운데 『위어드 테일스』
의 표지에서 레이 브래드버리라는 이름을 본 적 있는 사람들이 이거
'싸구려' 작가가 쓴 거로구나 하고 편견을 가질까 봐 두려웠기 때문
이었다.

1945년 8월 둘째 주에 단편 소설 세 편을 잡지사 세 군데에 보냈
다. 8월 20일에 『참Charm』과 소설 하나를 계약했고, 8월 21일에
는 『마드무아젤Mademoiselle』과 또 하나를 계약했으며, 내 스물다
섯 번째 생일인 8월 22일에는 『콜리어스Collier's』와 나머지 하나를
계약했다. 고료가 합쳐서 1,000달러였는데 오늘날 가치로는 1만

달러를 현금으로 받는 것과 같았다.

나는 부자가 되었다. 아니, 놀라서 말을 못 할 지경으로 부자에 가까워졌다. 당연히 이 일은 내 삶의 전환점이었다. 서둘러 세 잡지의 편집자들에게 나의 진짜 이름을 고백하는 편지를 썼다. 이 단편소설 세 편은 모두 마사 폴리가 편집한 『1946년 미국 최고의 단편소설The Best American Short Stories of 1946』에 실렸고, 그중 한 편은 이듬해에 허셜 브릭켈이 편집한 오헨리상 수상작 모음집 『프라이즈 스토리스Prize Stories』에도 실렸다.

그때 그 돈으로 멕시코 과나후아토에 갈 수 있었고, 그곳에서 지하 무덤의 미라를 보았다. 그 경험은 너무 가슴 아프고 무서워서 하루빨리 멕시코를 떠나고 싶었다. 나는 시체들이 벽에 기대어 있거나 줄에 매달려 있는 곳에 남겨진 채 죽어가는 악몽을 꾸었다. 그 공포를 곧바로 몰아내기 위해 「다음 차례The Next in Line」를 썼다. 경험이 소설로 거의 바로 이어졌던, 아주 드문 일이었다.

멕시코 이야기는 이만하자. 아일랜드를 이야기해볼까?

나의 소설 중 아일랜드에 관한 것들은 모두 더블린에서 여섯 달 동안 지낸 이후에 쓴 것으로 내가 만난 대부분의 아일랜드인은 아주 불쾌한 현실을 견디는 다양한 삶의 방식을 가지고 있었다. 하나는 현실에 정면 대응하는 것으로, 그건 엄청난 일이다. 또 다른 하나는 현실을 회피하는 것이다. 즉, 주먹을 휘두르거나, 춤을 추거나, 노래를 만들거나, 소설을 쓰거나, 수다를 떨거나, 술병을 채운다. 각각의 방식은 전형적인 아일랜드식 사고를 보여주며, 나쁜 기후와 실패한 정치 아래에서는 모두가 진리다.

　나는 더블린 거리의 모든 거지를 알게 되었고, 오코넬 다리 근처에서 미친 자동 피아노로 음악을 연주하기보다는 커피를 더 많이 가는 사람도 알게 되었고, 비에 젖은 걸인들에게 아기를 빌려줘서 그 아기가 어느 때는 그래프턴 거리 위쪽에 나타났다가 다음에는 로열 하이버니언 호텔 옆에 나타났다가 자정에는 강가에 나타나게 하는 사람도 알게 되었다. 하지만 그들에 관한 글을 쓰리라곤 결코 생각하지 않았다. 그러던 어느 날 밤 나는 화가 나서 울며 소리치고 싶은 심정으로 자리를 박차고 일어나 「맥길리의 꼬마 녀석McGillahee's Brat」을 썼다. 영면하지 못하고 빗속을 돌아다니는 유령의 간청과 끔찍한 느낌에서 벗어나기 위해서였다. 또 아일랜드 대지주의 불타버린 오래된 저택에 갔을 때 불길 하나가 쉽게 꺼지지 않았다는 이야기를 듣고 「그곳의 끔찍한 대화재The Terrible Conflagration up at the Place」를 썼다.

　또 다른 소설인 「국가 달리기 선수The Anthem Sprinters」는 몇 년 후 어느 비 오는 밤, 내가 아내와 더블린 극장에 갔을 때 국가가 연주되기 전에 출구로 나가려고, 거기 있던 노인들과 아이들을 좌우로 밀치고 뛰쳐나갔던 일을 미친 듯이 떠올리며 쓴 것이다.

　그런데 이런 글쓰기는 어떻게 시작되었는가? 나는 미스터 일렉트리코를 만난 해부터 매일 1,000단어씩 글을 썼다. 10년 동안 일주일에 단편 소설을 적어도 한 편씩 쓰면서, 언젠가는 나 자신이 진정 방해되지 않고 자연스럽게 글이 써지는 날이 오지 않을까 생각했다.

그날은 내가 「호수」를 쓴 1942년에 찾아왔다. 10년 동안 모든 것을 제대로 하지 못했는데 갑자기 정확한 아이디어, 정확한 장면, 정확한 인물들, 정확한 날짜, 정확히 창의적인 순간이 떠오른 것이다. 나는 잔디밭으로 타자기를 들고 나가 야외에 앉은 채로 소설을 썼다. 소설은 한 시간 만에 완성되었고, 나는 목덜미 털이 쭈뼛 선 채 눈물을 흘렸다. 살면서 처음으로 정말 좋은 글을 썼다는 것을 알았다.

20대 초반에는 늘 다음과 같은 일정을 따랐다. 월요일 오전에는 새로운 소설의 첫 번째 초고를 썼다. 화요일에는 두 번째 초고를 쓰고 수요일에는 세 번째, 목요일에는 네 번째, 금요일에는 다섯 번째 초고를 썼다. 토요일 정오에는 여섯 번째이자 마지막으로 쓴 원고를 뉴욕으로 보냈다. 그럼 일요일에는? 일요일에는 다락방 문 아래에서, 「호수」 덕분에, 아이디어들을 곧 소설로 쓸 수 있다는 확신을 갖고, 나의 주의를 잡아끄는 날것의 아이디어들을 떠올렸다.

이 모든 이야기가 기계적으로 들릴지 모르겠지만, 그렇지 않다. 나를 몰아간 것은 아이디어였다. 글을 쓰면 쓸수록, 더더욱 글을 쓰고 싶었다. 굶주렸다. 열이 올랐다. 쾌감을 알게 되었다. 밖으로 나오고 싶어 하는 짐승 같은 아이디어 때문에 침대에서 뒤척이며 밤에 잠을 못 이루었다. 멋진 삶의 방식이었다.

글을 그렇게 많이 쓴 또 다른 이유가 있다. 나는 펄프 매거진(20세기 초 미국에서 유행한 싸구려 잡지_옮긴이)에 소설 한 편을 20달러에서 40달러 받고 싶었다. 내 생활은 풍족하지 않았다. 핫도그와 햄버거를 살

돈과 교통비를 마련하기 위해 매달 적어도 한두 편의 소설을 써서 발표해야 했다. 1944년에는 거의 40편의 소설을 발표했지만 그해의 총 수입은 800달러에 불과했다.

생각해보니 내가 쓴 소설들에 대해 할 말이 아주 많다. 우선 「검은 관람차Black Ferris」가 흥미로운 이유는 23년 전 이른 가을에 쓴 아주 짧은 단편 소설이 시나리오가 되었다가 다시 장편 소설 『사악한 것이 온다』가 되었기 때문이다.

「영원히 비가 내린 날The Day It Rained Forever」은 어느 오후에 뜨거운 태양, 사막, 날씨를 바꿀 수 있는 하프에 대해 생각하면서 쓴 단어 연상에서 나왔다.

「작별The Leave-Taking」은 일흔이 넘어서도 혼자서 지붕널에 못을 박았던 증조할머니의 실제 이야기다. 할머니는 내가 세 살 때 스스로 침대 위에 누워 모두에게 작별 인사를 하고 깊은 잠에 드셨다.

「멕시코에 전화하기Calling Mexico」를 쓴 계기는 1946년 여름의 어느 오후에 친구 집에 갔는데, 내가 들어가자 그가 나에게 전화기를 건네며, "들어봐"라고 말한 것이었다. 나는 전화기 너머로 3,000킬로미터 떨어진 멕시코시티에서 들려오는 소리를 들었다. 그리고 집으로 돌아와 파리에 있는 친구에게 그 경험에 대해 편지를 쓰기 시작했다. 그런데 중간쯤 이르자 어느새 편지가 소설로 바뀌어 있었다. 나는 바로 그날 우편으로 원고를 잡지사에 보냈다.

「피카소의 여름The Picasso Summer」은 어느 늦은 오후에 아내, 친구들과 함께 해안을 산책했던 일에서 나왔다. 나는 아이스크림 막

대기를 주워서 모래에 그림을 그리며 이렇게 말했다. "만약 이런 일이 생기면 끔찍하지 않을까? 평생 피카소 그림 한 점을 소장하길 바랐는데, 갑자기 여기 모래밭 위에서, 신화에 나올 법한 짐승들을 그리고 있는 피카소를 만난 거야. 바로 내 눈앞에 나만의 피카소 '에칭'(약품 처리를 한 동판 위에 날카로운 도구로 그림을 그린 뒤 그 부분만 부식시켜 만드는 판화 기법_옮긴이)이 있는데……" 나는 새벽 2시에 해변의 피카소에 관한 소설을 완성했다.

어니스트 헤밍웨이. 「파파를 만난 앵무새The Parrot Who Met Papa」. 1952년 어느 밤, 나는 친구들과 함께 차를 타고 로스앤젤레스를 가로질러 헤밍웨이의 『노인과 바다The Old Man and the Sea』가 실린 『라이프Life』를 인쇄하고 있던 공장에 쳐들어갔다. 우리는 인쇄가 막 끝난 잡지를 손에 넣은 다음, 가장 가까운 술집에 앉아서, 파파(헤밍웨이의 애칭_옮긴이), 핑카 비히아(헤밍웨이가 쿠바에서 살던 대저택, '전망 좋은 농장'이라는 뜻_옮긴이), 쿠바 그리고 그 술집에 살면서 매일 밤 헤밍웨이에게 말을 건 앵무새에 대해 이야기했다. 나는 집으로 돌아와 앵무새에 관해 메모를 한 뒤 16년 동안 잊고 살았다. 그리고 1968년에 서류철을 뒤적이다 우연히 「파파를 만난 앵무새」라는 제목의 메모를 발견했다.

'세상에, 파파가 죽은 지 8년이나 지났는데.' 나는 생각했다. 그 앵무새가 아직 존재한다면, 여전히 헤밍웨이를 기억한다면, 헤밍웨이의 목소리로 말할 수 있다면, 아마 이 앵무새는 수백만 달러의 가치가 있을 것이다. 그리고 만약 누군가가 앵무새를 납치해서 몸값을 요구한다면 어떨까?

「귀신 들린 새집The Haunting of the New」은 킬브라켄 남작 존 고들리가 아일랜드에서 내게 보낸 엽서 덕분에 쓰게 되었는데, 그는 엽서에서 불타버린 뒤에 돌멩이 하나하나, 벽돌 하나하나까지, 원래대로 재건한 집에 방문한 일을 묘사했다. 나는 그 엽서를 읽은 지 반나절 만에 소설의 초고를 완성했다.

이만하면 충분하다. 이제 끝이다. 내가 쓴 소설들 중에는 나의 40여 년간의 삶에서 나온 100가지 이야기가 포함되어 있다. 그중 절반에는 캄캄한 밤 내가 의심했던 망할 진실들이, 나머지 절반에는 그다음 날 밝은 대낮에 다시 찾은 구원의 진실들이 담겨 있다. 여기서 배울 점이 있다면, 어딘가로 떠나기 시작한 사람 그리고 그 길을 가는 사람의 삶을 그저 기록하라는 것이다. 나는 내 삶의 길이 완성되어 있다고 생각하지 않았으며 길을 찾아 떠난 후에야 내 길이 무엇이고 내가 누구인지 깨달았다. 모든 소설 쓰기는 하나하나가 나의 자아들을 찾는 한 방법이었다. 그리고 이 모든 자아는 24시간 전에 발견한 하루와 조금씩 다른 하루를 매일 발견했다.

모든 것은 미스터 일렉트리코가 두 가지 선물을 준 1932년 가을부터 시작되었다. 지금의 나는 전생을 믿는지 잘 모르겠고, 영원히 살 수 있을지도 확신하지 못한다. 그러나 1932년의 그 소년은 전생과 영원을 모두 믿었고 나는 소년을 자유롭게 놓아두었다. 그 소년이 나를 대신해 이야기를 했고 소설을 썼다. 점괘도 보았고 감춰진 진실 또는 절반의 진실에 대해 예, 아니오로 대답도 했다. 소년을 통과해 걸러진 모든 것이 종이 위에 쓰였다. 나는 소년의 열정, 두려움, 기쁨을 믿었다. 결국, 소년은, 나를 실망시키지 않았다. 내 영혼에 길고 눅눅한 11월이 찾아올 때, 생각만 너무 많고 알아차리는 것은 적을 때, 나는 이 시기가 바로 테니스화를 신고, 엄청난 흥분에, 수많은 기쁨에, 끔찍한 악몽을 꾸는 소년에게 돌아가기 좋은 때라는 것을 안다. 어디까지가 소년이고 어디서부터 내가 시작되는지는 모른다. 하지만 이 2인조가 자랑스럽다. 소년이 잘되는 것 말고 내가 무엇을 바라겠는가? 그와 동시에 감사하며 잘되길 바라는 다른 두 사람이 더 있다. 나는 아내 마거릿과 결혼한 달에 에이전트이자 가까운 친구인 돈 콩돈과 계약했다. 마거릿은 내 원고를 타이핑하고 비평했으며, 콩돈은 그 결과물인 소설을 비평하고 계약했다. 이 두 사람이 나의 팀원으로 있는데 지난 33년 동안 내가 어떻게 실패할 수 있었겠는가? 우리는 코네마라 라이트풋, 여왕의 탈주자다(「국가 달리기 선수」에 등장하는, 우수한 선수 팀_옮긴이). 그리고 여전히 출구를 향해 달려간다.

1980

화씨 451, 동전 넣고 쓴 소설_____

깨닫지 못했지만, 나는 문자 그대로 10센트짜리 소설(영어에서 dime은 10센트짜리 동전을 가리키며, dime novel은 10센트에 팔던 저가 삼류 소설을 뜻한다_옮긴이)을 쓰고 있었다. 1950년 봄, 나는 글을 쓰느라 10센트짜리 동전으로 9달러 80센트를 지출했고, 나중에 『화씨 451Fahrenheit 451』(황금가지, 2009)이 된 『방화수The Fire Man』의 첫 번째 초고를 완성했다.

1941년부터 그때까지 나는 대부분 캘리포니아주 베니스에 있었던 우리 집(우리가 그곳에 살았던 이유는 '인기 있는' 장소라서가 아니라 가난했기 때문이었다)의 차고 또는 아내와 내가 아이들을 키운 연립주택 뒤편의 차고에서 글을 썼다. 사랑스러운 아이들이 뒤쪽 창문으로 와서 노래를 하며 창문을 두드리면, 나는 차고 밖으로 나왔다. 아버지의 입장에서 소설을 마무리하는 것과 딸들과 노는 것 중 하나를 택해야 했다. 나는 당연히, 노는 걸 택했다. 그래서 가계를 위험에 빠뜨렸다. 작업실을 구해야 했지만 감당할 형편이 안 됐다.

그리고 마침내 딱 맞는 장소를 찾았다. UCLA 도서관 지하에 있는 타이핑 룸이었다. 그곳에는 오래된 레밍턴 타자기나 언더우드 타자기가 스무 대 넘게 가지런히 놓여 있었고, 10센트로 30분 동안 빌려 쓸 수 있었다. 10센트짜리 동전을 넣으면 시계가 미친 듯이 째깍거리는데, 30분 안에 글을 끝내기 위해서는 격렬하게 자판을 쳐야 했다. 그러니까 나는 두 번 내몰린 셈이었다. 아이들 때문에 집에서 내몰리고, 타자기 타이머 때문에 자판에 미친 사람마냥 내몰렸다. 시간이 정말 돈이었다. 나는 대략 9일 만에 첫 번째 초고를 완성했다. 초고는 2만 5,000단어로 최종 소설의 절반 분량이었다.

동전은 집어넣었는데 종이는 타자기에 걸려 미쳐가고(소중한 시간이 흘러가고 있는데!) 그 때문에 종이를 넣고 빼고 난리가 나는 와중에도, 나는 가끔 도서관 위층을 돌아다녔다. 그곳에서 사랑에 빠진 듯이, 복도를 따라, 서가 사이를 걸어 다니며, 책을 만지고, 그중 한 권을 뽑아 책장을 넘겨 본 뒤, 다시 꽂아놓으며, 도서관의 정수인 모든 좋은 책에 흠뻑 잠겼다. 책을 불태우는 미래 사회에 관한 소설을 쓰기에 이만한 장소가 어디 있겠는가!

지난 이야기는 그만하자. 지금의 『화씨 451』은 어떠한가? 젊은 작가였을 때 그 소설에 품었던 나의 마음은 많이 변했는가? 변했다는 말이 도서관에 대한 사랑이 넓어지고 깊어졌냐는 뜻이라면 그렇다. 서가를 맞고 튕겨 나와 사서의 뺨에서 분을 털어낼 정도다. 이 소설을 쓴 이후로, 나는 내가 아는 그 어느 작가보다도 작가에 대한 글, 소설, 에세이, 시를 더 많이 써냈다. 허먼 멜빌, 허먼 멜빌과 에밀리 디킨슨, 에밀리 디킨슨과 찰스 디킨스, 너새니얼 호손, 에드거 앨런 포, 에드거 라이스 버로스에 대한 시를 썼으며, 쥘 베른과 그의 미친 선장(『해저 2만 리』의 네모 선장_옮긴이)을 멜빌과 그의 강박에 사로잡힌 선장(『백경』의 에이하브 선장_옮긴이)과 비교했다. 또한 내가 좋아하는 작가들과 황량한 대륙을 가로지르는 야간열차를 타고, 밤새도록 와자지껄하게 술을 마시고 또 마셔대며, 대화를 나누고, 사서에 관한 시를 끼적였다. 어떤 시에서는 멜빌에게 육지에 접근하지 말라고 경고했고(육지는 그의 영역이 아니었으니까!), 조지 버나드 쇼를 로봇으로 바꾼 뒤 편하게 로켓에 싣고 켄타우루스자리의 알파별을 향한 긴 항해 중에 그를 깨워 그가 직접 읽어주는 서문을 들으며 즐거워했다. 또 어느 타임머신 소설에서는 콧노래를 흥얼거리며 과거로 가서 죽음을 맞이하고 있던 오스카 와일드, 멜빌, 포의 곁에서 그들을 향한 나의 사랑을 이야기하며 마지막 순간에 그들의 몸에 온기를 불어넣었다. …… 뭐, 이만하면 충분하다. 보다시피, 나는 책과 작가 그리고 그들의 지혜가 보관된 훌륭한 저장고에 광적으로 미쳐 있다.

최근에 나는 로스앤젤레스에 있는 스튜디오 시어터 플레이하우스와 함께 『화씨 451』의 모든 인물을 어둠 속에서 불러냈다. 나는 몬태그, 클라리세, 파버, 비티에게 말을 걸었다.

"1953년에 마지막으로 만난 이후로 어떻게들 지냈나?"

내가 물었고 **그들**은 대답했다.

그들은 새로운 장면들을 썼고, 아직 알려지지 않은 자신들의 영혼과 꿈의 색다른 면들을 드러냈다. 그 결과물은 2막짜리 연극이 되었고, 무대에서 좋은 호응을 얻었으며, 평단의 평가도 괜찮았다.

"어쩌다 시작한 건가? 왜 책을 태우는 일을 하는 방화서 서장이 되기로 결심했나?"

비티가 내 질문에 답하기 위해 무대 끝에서 등장했다. 비티의 놀라운 대답은 우리의 주인공 가이 몬태그를 자신의 아파트로 데려가는 장면에 나온다. 몬태그는 비티의 집에 들어갔다가 그의 비밀 도서관에서 벽을 따라 늘어선 수천수만 권의 책을 보고 깜짝 놀란다. 몬태그는 돌아서서 상관인 비티에게 외친다.

"방화서 서장이시잖습니까! 집에 책을 가지고 있으면 안 되죠!"

그 말에 비티는 메마르고 옅은 미소를 띠며 대답한다.

"책을 **소유하는 것**은 범죄가 아니네, 몬태그. **읽는 것**이 문제지! 그래, 맞아. 나는 책을 가지고 있어. 하지만 **읽지는** 않는다네."

충격을 받은 몬태그는 비티의 설명을 기다린다.

"아름답지 않나, 몬태그? 나는 절대 이 책들을 읽지 않아. 단 한 권, 한 챕터, 한 쪽, 한 단락도. 난 아이러니를 **즐긴다네**, 그렇지 않은가? 수천 권의 책을 가지고 있지만 한 권도 펼쳐보지 않고 등을 돌리며 말하는 거지. '안 돼.' 이건 마치 미녀가 가득한 집을 가지고 있지만 미소를 지으며 누구에게도 손을 대지 않는 것과 마찬가지야.…… 그러니 보게, 나는 범죄자가 아닐세. 내가 책을 **읽는** 걸 목격한다면, 좋아, 고발하게. 하지만 이곳은 열두 살 소녀의 크림색 여름밤 침실처럼 순수하다네. 이 책들은 책장에서 죽을 거야. 왜? 내가 그렇게 둘 테니까. 나는 책들에게 자양분을 주지 않고, 손이나 눈이나 혀로 희망을 주지도 않지. 이 책들은 먼지와 다름없어."

몬태그가 항의한다. "저는 모르겠습니다. 서장님이 어떻게 이 책들을 두고……"

"유혹되지 않느냐고?" 비티가 외친다. "오, 그건 오래전이지. 사과는 이미 따 먹고 없어. 뱀은 나무로 돌아갔고. 동산에는 잡초가 무성하고 녹이 가득해졌어."

"한때는……" 몬태그가 망설이다가, 말을 잇는다. "한때는 책을 무척 사랑하셨군요."

"정곡을 찔렀군!" 비티가 대답한다. "치명적이야. 한 대 맞았군. 내 속을 꿰뚫고 찢어발겼어. 오, 나를 보게, 몬태그. 책을 사랑했던 남자, 아니, 책에 열광하고 책에 정신 나간 소년, 책에 미친 침팬지처럼 서가를 기어 올라간 소년 말일세.

나는 책을 샐러드처럼 먹었지. 책은 내 점심 샌드위치였고, 간식이자 저녁이자 야식이었어. 책장을 찢어서 소금을 뿌려 먹고, 양념에 적셔 먹고, 표지를 뜯어 먹고, 혀로 책장들을 넘겼다네! 열두 권씩, 스무 권씩, 수천수만 권씩 말일세. 집으로 너무 많은 책을 지고 와서 몇 년간 등이 굽었지. 철학, 미술사, 정치학, 사회과학, 시, 에세이, 웅대한 희극, 그 밖에도 뭐든지 모조리 먹어치웠어. 그러다…… 그러다가……" 비티의 목소리가 희미해진다.

몬태그가 재촉한다. "그러다가요?"

"아, 나에게 삶이 주어졌다네." 비티는 눈을 감고 회상한다. "삶. 평범함. 변함없음. 사랑이 꼭 옳지만은 않고, 꿈은 시큰둥해지며, 섹스도 결국 끝이 나고, 멀쩡하던 친구가 급작스레 죽고, 어느 누군가는 살해되며, 가까운 누군가는 미쳐버리고, 어머니는 천천히 죽어가고, 아버지는 별안간 자살하며, 코끼리는 우르르 몰려가고, 질병은 인정사정없이 찾아오지. 그리고 어디에도, 홍수를 막기 위해 허물어지는 댐의 벽을 제때 막아줄 적당한 책이 그 어디에도 없었다네. 은유를 주거나 받고, 직유를 잃어버리거나 찾을 만한 책이 없었지. 그렇게 서른이 지나고 서른하나가 될 즈음, 나는 뼈가 모두 부러지고, 살이 모조리 쓸리고, 멍들고, 상처투성이가 된 나 자신을 구했다네. 거울을 보니 젊은이의 겁먹은 얼굴 뒤로 길을 잃어버린 노인이 있었다네. 거기서 이 세상 모든 것을 향한 증오를 보았어. 뭐든 다, 저주했지. 그리고 내 훌륭한 도서관에 있는 책을 펼쳤을 때 거기에는, 어, 거기에는 말이야……"

몬태그가 추측한다. "책이 텅 비어 있었나요?"

"바로 그거야! 백지! 오, 거기에는 글이 있었어, 맞아. 그런데 뜨거운 기름처럼 내 두 눈을 지나갔지. 아무 의미 없이. 아무런 도움도, 위로도, 평화도, 보호도, 진정한 사랑도, 휴식도, 희망도 없었다네."

몬태그가 회상한다. "30년 전이면…… 마지막 도서관이 불탈 때……"

"정확해." 비티가 고개를 끄덕인다. "직업도 없는 실패한 낭만주의자, 뭐 그런 나부랭이였던 나는 일급 방화수에 지원했네. 앞장서서 계단을 뛰어 올라갔고, 맨 먼저 도서관 안으로 들어갔고, 영원히 타오르는 동족의 용광로 같은 심장으로 뛰어들었고, 등유를 뿌렸고, 점화기를 들었지!

　이야긴 끝났어. 됐네, 몬태그. 나가게!"

　몬태그는 그 어느 때보다도 더욱더 책에 대한 호기심을 품은 채 그곳을 떠난다. 그리고 아웃사이더가 되어가다가 곧 로봇 사냥개에게 쫓기며 거의 죽을 뻔한다. 그 개는 내가 아서 코난 도일의 책에 나오는 바스커빌가의 개를 복제한 것이다.

　한편 연극 속에서 퇴직한 노교수인 파버는 기나긴 밤 동안 귀마개 라디오를 통해 몬태그에게 이야기를 하다 방화수 서장 비티에게 희생당한다. 어떻게? 비티는 몬태그가 비밀 장치로 파버로부터 지시를 받고 있다고 의심하고, 몬태그의 귀에서 라디오를 잡아 빼고는, 멀리 있는 파버에게 소리친다.

　"당신을 잡으러 가고 있다! 문 앞에 있다! 이제 계단을 올라가고 있다! 잡았다!"

　그 말에 너무 겁을 먹은 파버는 심장 마비를 일으킨다.

　인물들의 답은 다 괜찮았다. 나는 뒤늦게 유혹을 느끼며 이런 내용을 소설에 집어넣지 않기 위해 발버둥 쳤다.

　그런가 하면, 수많은 독자가 실종된 클라리세를 두고 그녀에게 무슨 일이 일어났는지 궁금해하며 내게 항의하는 편지를 보냈다. 프랑수아 트뤼포 감독 또한 같은 궁금증을 가졌고, 『화씨 451』을 각색한 영화에서 그는 클라리세를 사라지게 하지 않고 숲속을 돌아다니며 책을 통째로 암송하는 사람들과 함께 있는 모습으로 그렸다. 나 역시 어쨌든, 클라리세를 살려내야 한다고 느꼈다. 그녀는 스타를 동경하는 철없는 수다쟁이에 가깝지만, 여러 가지 면에서 몬태그가 책과 그 안의 내용에 관해 궁금해하기 시작한 이유이기 때문이었다. 그런 탓에 연극에서 클라리세는 몬태그를 반가이 맞이하면서 다시 나타나고, 원래는 꽤 암울했던 내용이 좀 더 행복한 결말로 끝이 난다.

그렇지만 소설은 이전 내용 그대로 두었다. 나는 젊은 작가가 쓴 글은 그게 누구든 함부로 고치고 싶지 않다. 특히나 그 젊은 작가가 한때의 나 자신이라면 더욱. 몬태그, 비티, 밀드레드, 파버, 클라리세는 내가 UCLA 도서관 지하에서 30분마다 10센트씩 넣어가며 처음으로 그들에 대해 썼던 30년 전과 똑같이 일어나고, 움직이고, 등장하고, 퇴장했다. 나는 토씨 하나 바꾸지 않았다.

마지막으로 깨달은 바가 있다. 앞에서 이야기했듯, 나는 무척 열정적으로, 모든 소설을 쓴다. 최근에야 『화씨 451』을 보면서 몬태그가 제지 회사 이름이었음을 깨달았다. 파버라는 이름 또한 필기구 제조 회사 이름이다! 인물 이름을 그런 식으로 지었다니, 내 잠재의식이란 얼마나 교활한가.

나조차도 모르게 말이다!

———
1982

민들레 와인, 이 세상의 비잔티움_____

『민들레 와인』은 내가 쓴 소설들 대개와 마찬가지로 놀라운 선물이었다. 나는 감사하게도 작가로서 꽤 어렸을 때 그런 놀라운 선물의 본질을 알게 되었다. 그전에는 여느 초보자와 마찬가지로, 두드려 패고 때려눕히면 아이디어를 끄집어낼 수 있다고 생각했다. 물론 이런 대접을 받으면 어떤 괜찮은 아이디어라도 두 손을 들고, 등을 돌린 채, 영원 속에 눈을 고정하고 죽어버릴 것이다.

그러니 내가 20대 초반에 허우적거리며 단어 연상이라도 한 것은 매우 다행이었다. 나는 매일 아침 눈을 뜨자마자 침대에서 후다닥 나와, 책상으로 걸어가서, 머릿속에 떠오르는 하나 혹은 여러 개의 단어를 모조리 써 내려갔다.

그리고 나서 단단히 무장을 한 채 써놓은 단어에 맞서거나, 아니면 단어의 편에 서서, 그 단어의 무게를 가늠하고 내 삶에서 그게 어떤 의미가 있는지 살펴보며 인물들을 배합하고 조합했다. 그러면 놀랍게도 한두 시간 뒤에 새로운 소설이 완성되었다. 이런 놀라운 선물은 완벽하고도 사랑스러웠다. 나는 곧 남은 생애 동안 이런 식으로 글을 써야 한다는 사실을 깨달았다.

처음에는 나만의 악몽, 밤에 대한 두려움, 어린 시절의 시간을 묘사할 수 있는 단어를 머릿속에서 찾아내 그 단어들로 소설을 썼다.

그런 다음에는 내가 태어난 오래된 집과 풋사과나무, 할머니 할아버지가 사셨던 옆집, 자라는 내내 뒹굴며 놀았던 여름날의 잔디밭을 오랫동안 들여다보며 그 모든 것을 표현할 단어들을 찾아내려 노력하기 시작했다.

『민들레 와인』은 바로 그 시절에 모은 민들레들이다. 이 소설에서 계속해서 나오는 와인 은유는 아주 적절하다. 나는 평생 이미지를 모아서, 깊숙이 보관해놓고는, 잊어버렸다. 어떻게든 단어를 촉매 삼아 과거로 가서, 기억들을 꺼내어놓고 그 기억들이 무엇을 전해주는지 보았다.

그래서 스물넷부터 서른여섯 살까지 거의 하루도 빠짐없이 일리노이주 북부에 있는 할머니 집의 잔디밭을 떠올렸다. 반쯤 탄 폭죽이나 녹슨 장난감, 또는 미래의 나이 든 내가 나의 지난날, 나의 삶, 나의 사람들, 나의 기쁨, 나의 절망을 떠올리길 바라며 쓴 편지 조각을 혹시 발견하지 않을까 기대하며 기억을 더듬었다.

이 일은 내게 엄청 열정적으로 전력을 다하는 게임이 되었다. 그 결과 민들레뿐만 아니라, 아버지 그리고 형과 같이 야생 포도를 딴 일, 퇴창 옆 빗물 통에서 모기 번식지를 다시 발견한 일, 뒷마당의 포도나무 주위를 맴돌던 금색 벌의 냄새를 찾아다닌 일(벌에게는 냄새가 난다. 그렇지 않더라도 다리에 수많은 꽃향기가 묻어 있을 테니 반드시 냄새가 날 것이다) 등등이 마구 떠올랐다.

그리고 산골짜기가 어떻게 생겼었는지도 떠올랐다. 특히 론 체이니가 나오는 기분 좋게 무서운 「오페라의 유령」을 보고 난 후 늦은 밤에 마을을 가로질러 집으로 돌아갈 때의 협곡이 떠올랐다. 형은 앞서 뛰어가서는 '외로운 남자'(『민들레 와인』의 등장인물_옮긴이)마냥 다리 밑에 숨어 있다가 소리를 꽥 지르며 뛰쳐나와 나를 붙잡았다. 그래서 나는 집에 가는 길 내내 겁에 질려 꽥꽥거리면서 달리고, 자빠지고, 또다시 달렸다. 무척 멋진 일이었다.

단어 연상법을 쓰면서, 나는 오래되고 진실한 우정과 우연히 맞닥뜨렸다. 애리조나주에서 만난 어린 시절 친구 존 허프, 나는 그를 그린타운으로 옮겨놓았고 덕분에 그에게 제대로 작별 인사를 할 수 있었다.

단어 연상법을 쓰면서, 오래전에 죽은 사랑하는 사람들과 함께 아침, 점심, 저녁 식탁에 앉기도 했다. 나는 엄마와 아빠, 할머니와 할아버지, 형을 정말 사랑하는 소년이었다. 비록 형은 나를 '버렸지만' 말이다.

단어 연상법을 쓰면서, 아버지를 위해 지하실에서 와인 압착기를 돌리던 내 모습을 떠올렸고, 독립기념일 밤에 집 앞 베란다에서 바이언 삼촌이 직접 만든 놋쇠 대포를 장전하고 쏘는 걸 도왔던 것도 떠올랐다.

그렇게 나는 놀라운 선물에 빠져들었다. 덧붙이자면, 아무도 나에게 그런 선물을 얻는 법에 대해 말해주지 않았다. 나는 무지한 채로 오래전부터 쓰이던 이 최고의 글쓰기 방법을 우연히 발견했고 경험했으며 총을 쏘기 전에 덤불에서 튀어나오는 메추라기처럼 나타나는 진실에 놀랐다. 걷는 법과 보는 법을 배우는 어린아이처럼 무턱대고 뒤뚱대다 창의력과 툭툭 부딪혔다. 나의 감각과 나의 과거가 모든 진실을 말하도록 하는 법을 배운 것이다.

그 결과, 나는 집 옆의 빗물 통으로 뛰어가 깨끗한 빗물을 한 바가지 퍼 오는 소년이 되었다. 물론 물은 푸면 풀수록 더 많이 흘러들었다. 그 흐름은 끊어지지 않았다. 일단 그 시절로 자꾸자꾸 계속해서 돌아가는 법을 알게 되자, 수많은 추억과 감각이 되살아나 즐길 수 있게 되었다. 일이 아니라, 정말로 즐겼다. 『민들레 와인』은 바로 어른 속에 숨겨진 소년의 이야기다. 소년은 8월의 싱그러운 잔디가 펼쳐진 신의 들판에서 뛰어놀다가, 욕망을 불어넣으려 나무 아래에서 기다리고 있는 어둠을 느끼며 성장하기 시작한다.

몇 년 전 『민들레 와인』과 그보다 더욱 현실주의적인 싱클레어 루이스의 작품들을 함께 분석한 비평을 보며 재미있으면서도 한편으로 깜짝 놀란 적이 있다. 내가 소설 속에서 그린타운이라고 이름 붙인 곳은 사실 내가 태어나고 자란 워키건이었는데, 그곳의 항구가 얼마나 추한 곳이었고 마을 아래의 석탄 부두와 조차장이 얼마나 암울했는지 놀랍게도 나는 전혀 알아차리지 못했던 것이다.

물론 나도 그랬다는 것을 알고는 있었다. 그렇지만 타고난 마술사였던 나는 그곳의 아름다움에 푹 빠져 있었다. 기차와 화물 열차, 석탄과 그을음 냄새는 아이들에게 추하지 않다. 추함이란 나중에 발견하고 의식하게 되는 개념이다. 화물 열차 칸을 세는 일은 소년들에게 최고의 놀이다. 어른들은 기차가 자신의 길을 가로막으면 몹시 화를 내고 욕을 하지만 소년들은 멀리 지나가는 기차를 보며 행복하게 차량 수를 세고 큰 소리로 이름을 부른다.

마찬가지로 추해야 할 조차장은 순회공연을 다니는 서커스단들이 도착하는 곳이었고 그들과 함께 온 코끼리는 어두운 새벽 5시에 시큼한 물을 세차게 내뿜으며 보도블록을 씻어냈다.

부두의 석탄에 대해 말하자면, 나는 매년 가을 우리 집 지하실로 내려가 석탄을 운반하는 관이 달린 트럭이 오길 기다렸다. 관이 덜그럭거리며 1톤에 이르는 석탄을 쏟아 내리면 먼 우주에서 우리 집 창고로 아름다운 유성이 떨어져 그 시커먼 보물에 파묻히는 듯했다.

다시 말해서, 자신 안에 있는 소년이 시인이라면, 말똥은 곧 꽃일 수 있다. 물론, 말똥은 언제나 그랬지만.

내 삶의 모든 여름이 한 권의 책으로 태어난 일에 관해서는 내가 새로 쓴 시가 아마 더 잘 설명해줄 것이다.

시의 시작은 이렇다.

비잔티움, 난 그곳 출신이 아니다.
다른 시간과 장소에서 왔다.
그곳 사람들은 단순하고 믿을 만하고 진실하다.
소년으로
나는 일리노이주에 떨어졌다.

사랑스럽지도 우아하지도 않은 그곳의 이름은
워키건, 난 그곳 출신이다.
친구여, 비잔티움이 아니다.

시는 계속해서 평생에 걸친 나와 고향의 관계를 묘사한다.

그렇지만 되돌아보면 보인다.
저 멀리 있는 나무 꼭대기에서부터
예이츠가 진실로 발견한 곳만큼이나
밝고 사랑스러운 푸르른 땅이.

그 후에도 종종 워키건을 찾아가봤지만, 그곳이 중부의 여느 소도시보다 특별히 더 아늑하거나 아름답지는 않았다. 대개 녹지고, 나무들이 길 중간에서 맞닿기까지 한다. 예전에 내가 살던 집 앞의 길에는 아직도 빨간 벽돌이 깔려 있다. 그렇다면 워키건은 어떤 면에서 특별했을까? 그건, 내가 거기서 태어났다는 사실이다. 워키건은 나의 인생이다. 그러니 나는 그곳에 대해 내가 본 대로 써야 했다.

우리는 신화 속 죽은 자들과 함께 자랐다.
숟가락으로 중서부의 빵을 들고
늙은 신들의 빛나는 마멀레이드를 발랐다.
땅콩버터색 그늘에서 열을 식히고,

거기 있는 우리의 하늘이

마치 아프로디테의 허벅지인 양 여겼다.

베란다 난간 곁에 조용히 우뚝 서 계시던

할아버지, 그의 말은 완전한 지혜, 눈빛은 순금.

그는 진정한 신화였고

플라톤을 대신할 만했다.

할머니는 안락의자에 앉아

올이 풀린 소매를 조심스레 꿰매고

뜨개질로 귀하고 빛나는 차가운 눈송이를 만들어

여름밤 우리에게 겨울을 주었다.

삼촌들은 모여서 담배를 피우며

농담처럼 지혜를 내뿜었다.

숙모들은 델포이의 처녀들만큼 지혜로웠고

여름밤 고대 그리스풍 현관에

미사를 돕는 복사처럼 무릎을 꿇은 소년들에게

예언자의 레모네이드를 나누어주었다.

그리고 우린 잠자리에 들어, 뉘우쳤다.

무고한 악행과

귀에서 윙윙대는 사소한 죄를.

밤마다 해마다 말했다.

일리노이주나 워키건이 아니라

더 즐거운 하늘과 더 즐거운 태양이라고.

비록 우리 모두의 운명은 평범하고

시장(市長)은 예이츠만큼 똑똑하지도 않지만

그래도 우리는 우리 자신을 안다. 그 합은?

비잔티움.

비잔티움.

워키건. 그린타운. 비잔티움.

그럼 그린타운은 정말 존재했는가?

그렇다. 다시 한번 말하지만, 그렇다.

존 허프라는 이름의 소년도 진짜 있었는가?

그렇다. 그리고 이름도 진짜다. 다만 그가 나를 떠난 게 아니라 내가 그를 떠났다. 또한 실제로는 해피엔딩으로, 그는 아직 살아 있고, 우리의 우정을 기억한다.

'외로운 남자'는 있었는가?

그렇다. 그리고 정말 그런 이름으로 불렸다. 내가 여섯 살 때 그는 밤마다 우리 마을을 돌아다니며 모두를 두려움에 떨게 해놓고 끝내 잡히지 않았다.

제일 중요한 것. 할아버지, 할머니, 소년들, 삼촌들, 숙모들이 살던 그 큰 집이 실재했는가? 앞에서 이미 말했듯 그렇다.

협곡은 진짜 있었으며 깊고 밤에 칠흑같이 어두웠는가? 예전에도 그렇고, 지금도 그렇다. 몇 년 전에 딸들을 데리고 다시 갔을 때, 혹시나 세월에 협곡이 얕아졌을까 우려했었다. 하지만 협곡이 그 어느 때보다 깊어지고, 어두워지고, 기묘해진 것을 보고 안도했고 기뻤다. 지금도 나는「오페라의 유령」을 보고 난 후라면 그 협곡을 지나 집으로 가지 않을 것이다.

자, 이렇게 된 것이다. 워키건은 그린타운이었고 비잔티움이었다. 그곳에는 그 이름들이 뜻하는 모든 행복과 슬픔이 있었다. 그곳의 사람들은 신이거나 난쟁이였으며 자신들이 언젠가는 죽으리라는 걸 알고 있었다. 난쟁이들은 신들이 당황하지 않도록 키 큰 사람처럼 몸을 쭉 펴고 걸었고 신들은 난쟁이들이 마음 편하도록 웅크리고 다녔다. 다른 사람들의 등 뒤로 가서 머릿속으로 들어간 뒤 이 어리석은 기적을 바라보며 "오, 당신은 그렇게 보는군요"라고 할 수 있는 것. 결국 삶이란 그런 것 아니겠는가? 이제 그것을 기억해야 한다.

『민들레 와인』은 삶뿐만 아니라 죽음도, 빛뿐만 아니라 어둠도, 젊음뿐만 아니라 늙음도, 영리함뿐만 아니라 어리석음도, 순전한 공포뿐만 아니라 순전한 기쁨도 모두 찬양한 작품이다. 박쥐 의상을 입고 송곳니 모양 사탕을 문 채로 나무에 거꾸로 매달리던 소년, 마침내 열두 살 때 나무에서 떨어져 장난감 타자기를 발견하고 첫 '소설'을 썼던 소년. 그 소년이 바로 이 책을 쓴 것이다.

마지막 추억.

풍등.

풍등은 작은 짚불을 아래에 매달고 뜨거운 공기를 채워서 날리는 것으로, 오늘날에는 보기 드물어졌고, 몇몇 나라에서만 여전히 만든다고 한다.

그렇지만 1925년 일리노이주에는 여전히 풍등이 있었다. 그리고 내가 기억하는 할아버지와의 마지막 추억 중 하나는 48년 전 독립기념일 밤의 마지막 시간에 대한 것이다. 할아버지와 나는 잔디밭으로 나가 작은 불을 피우고 조롱박 모양의 빨강, 하양, 파랑 줄무늬 종이풍선에 뜨거운 공기를 채웠다. 그리고 그 깜박이는 밝은 천사를 손에 꼭 쥐고 있다가 독립기념일의 마지막 순간에 삼촌, 숙모, 사촌, 어머니, 아버지가 줄지어 서 있는 베란다 앞에서 조심스레 놓아주었다. 삶이자 빛이자 미스터리였던 풍등은 손가락 사이를 빠져나가 여름 대기 속으로 떠올랐고 잠들기 시작한 집들 위로, 멀리 별들 사이로 날아갔다. 마치 인생처럼 덧없고, 경이롭고, 상처받기 쉽고, 사랑스러운 모습이었다.

나는 할아버지가 묘한 모습으로 떠가는 그 빛을 올려다보며 조용히 생각에 잠기는 모습을 본다. 모든 것이 끝났고, 그 밤도 끝났으며, 그와 같은 밤이 다시 오지 않을 거란 걸 알았으므로, 나의 두 눈에 눈물이 고이는 것을, 나는 본다.

누구도 말을 하지 않았다. 우리는 그저 하늘을 올려다보며 숨을 들이마시고 내쉬었으며, 모두가 같은 생각을 했지만 아무도 말을 꺼내지 않았다. 하지만 결국 누군가는 말을 해야 했다. 그렇지 않은가? 그 누군가는 바로 나다.

와인은 아직도 지하 저장고에서 기다리고 있다.

사랑하는 나의 가족은 아직도 그 밤의 베란다에 앉아 있다.

풍등은 아직도 타오르며 기억 속에 묻히지 않은 여름밤의 하늘을 날고 있다.

왜, 그리고 어떻게?

내가 그렇게 할 테니까.

1974

MACHINERIES OF JOY

illustrated by Ray Bradbury

화성을 향한 긴 여정_____

나는 어떻게 일리노이주 워키건에서 붉은 행성인 화성으로 가게 되었는가?

그 답은 아마도 두 사람이 할 수 있을 것이다. 그들의 이름은 『화성 연대기』 40주년 기념판의 헌사에 등장한다. 한 사람은 시나리오 작가 노먼 코윈으로, 나의 화성 이야기를 처음으로 들어준 친구다. 다른 한 사람은 나중에 내 소설의 편집자가 된 월터 I. 브래드버리로 (혈연관계는 아니다), 그는 나조차도 내가 무엇을 하고 있는지 모를 때 나의 가능성을 알아봐주었고, 내가 쓰고 있는지도 몰랐던 소설을 완성할 수 있도록 확신을 주었다.

브래드버리가 나 자신에 대해 일깨워주었던 1949년 봄의 밤으로 가기까지 내가 이정표 없는 갈림길들을 얼마나 달려야 했는지.

만약에 내가 열아홉 살 때 코윈의 라디오 드라마를 듣고 좋아하지 않았다면?

만약에 내가 훗날 평생의 친구가 된 코윈에게 첫 단편집을 보내지 않았다면?

만약에 내가 1949년 6월에 뉴욕으로 오라는 코원의 충고를 따르지 않았다면?

그랬다면, 두말할 것 없이, 『화성 연대기』는 존재하지 못했을 것이다.

하지만 코원은 내가 맨해튼의 출판사에 직접 찾아가야 한다며 자신의 아내 케이티와 함께 대도시에서 나를 끌어주고 지켜주겠다고 거듭 주장했다. 그의 설득에, 나는 로스앤젤레스에 임신한 아내와 40달러가 든 통장을 남겨둔 채, 그레이하운드 버스를 타고 나흘 밤낮을 달리고 대륙을 건너, 커다란 곰팡이 덩어리로 발효될 지경에 이른 끝에, 42번가에서 나를 기다리고 있던 (일주일에 5달러인) **YMCA**에 도착했다.

코원네 부부는 약속대로 나를 데리고 다니며 한 무리의 편집자를 소개해주었다. 편집자들은 하나같이 "장편 소설을 가지고 왔소?"라고 물었다.

나는 내가 단편 소설에 주력하며 50편의 단편 소설과 오래된 구닥다리 휴대용 타자기만 가지고 왔다고 고백했다. 매우 창의적이고, 대체로 뛰어난 단편 소설 50편을 편집자들이 과연 원했을까? 그렇지 않았다.

그리고 마침내, 가장 중요한 갈림길에 이르렀다.

만약에 내가 마지막으로 만난 편집자가 더블데이 출판사의 브래드버리가 아니었다면, 그와 함께 저녁을 먹지 않았다면 어떻게 되었을까? 그는 "생각하고 있는 장편 소설이 있습니까?"라며 오래된 우

브래드버리, 몰입하는 글쓰기

울한 질문을 던졌다. 나는 단거리 경주처럼 매일 하고 있는 글쓰기에 대해 이야기할 수밖에 없었다. 아침 식사 때 아이디어라는 지뢰를 밟은 뒤 떨어진 조각들을 주워 모아 점심을 먹기 전까지 용접을 하고 식힌다고 말이다.

브래드버리는 고개를 가로젓더니, 디저트를 마저 먹으며 골똘히 생각하고는, 이렇게 말했다.

"내 생각에 당신은 이미 장편 소설을 쓴 것 같습니다."

"뭐라고요? **언제요**?" 내가 말했다.

"지난 4년간 당신이 잡지에 실은 화성에 관한 단편 소설들을 생각해보십시오." 브래드버리가 대답했다. "거기에 공통점이 있지 않습니까? 그 단편 소설들을 하나로 엮어 일종의 태피스트리(여러 가지 색실로 그림을 짜 넣은 직물_옮긴이)처럼 장편 소설 비슷하게 만들 수 있지 않겠어요?"

"세상에!" 내가 말했다.

"그렇죠?"

"세상에!" 내가 말했다. "1944년에 셔우드 앤더슨의 『와인즈버그, 오하이오』를 보고 깊이 감동을 받은 적이 있습니다. 그래서 그 반만큼이라도 좋은 글을 쓰겠노라, 화성을 무대로 쓰겠노라 결심했었지요. 화성에서 벌어지는 사건과 등장인물에 관한 윤곽은 잡았지만 서류철 속에 넣어놓고 곧 잊어버렸어요."

"우리가 그걸 찾은 것 같군요." 브래드버리가 말했다.

"**그런가요**?"

"그렇습니다." 브래드버리가 말했다. "YMCA로 돌아가 그 20~30편에 이르는 화성에 관한 소설들의 개요를 작성해서 내일 가져오십시오. 보고 좋으면 계약서와 선금을 드리지요."

테이블 건너편에 앉아 있던 내 친한 친구이자 에이전트인 돈 콩돈이 고개를 끄덕였다.

"정오까지 사무실에 찾아가겠습니다!" 내가 브래드버리에게 말했다.

이를 축하하며 나는 두 번째 디저트를 주문했고 브래드버리와 콩돈은 맥주를 마셨다.

늘 그렇듯 무더운 뉴욕의 6월 밤이었다. 에어컨은 아직 미래의 사치품이었다. 나는 속옷 바람으로 땀을 흘리며 새벽 3시까지 글을 썼다. 지구의 우주 비행사들이 나타나기 전에 화성인들이 그들의 이상한 도시에서 마지막 시간을 보내는 모습에 무게를 더하고 균형을 잡았다.

다음 날 정오, 지쳤지만 의기양양해져서, 소설의 개요를 브래드버리에게 전달했다.

"해냈군요!" 브래드버리가 말했다. "내일 계약서와 수표를 드리겠습니다."

나는 마구 소리를 질렀다. 진정이 좀 된 뒤에 나는 브래드버리에게 나의 다른 소설들은 어떠냐고 물었다.

브래드버리가 말했다. "우리가 곧 당신의 첫 '소설'을 출판할 테니 다른 소설들도 묶어서 한번 내볼 수 있습니다. 그런 단편집이 잘 팔리진 않지만 말이죠. 스무 편 남짓한 소설들을 아우를 만한 외피 같은 제목이 있습니까?"

"외피요?" 내가 말했다. "'일러스트레이티드 맨'은 어떻습니까? 한 서커스 호객꾼의 가슴과 다리, 팔에 새겨진 문신들이 하나씩 살아나서 아주 열심히 자신들의 미래를 보여주는 이야기지요."

"선금으로 드릴 수표를 두 장 준비해야겠네요." 브래드버리가 말했다.

나는 사흘 뒤 계약서 두 장과 총 1,500달러어치의 수표 두 장을 가지고 뉴욕을 떠났다. 그 돈은 월세 30달러를 1년간 내면서 아기를 키우고 캘리포니아 베니스 지역의 내륙에 있는 작은 공동주택의 계약금을 내기에 충분했다.

1949년 가을에 첫째 딸이 태어날 때까지 나는 잃어버렸다가 다시 찾은 화성에 대한 이야기들을 모두 끼워 맞추고 결합했다. 완성된 소설은 『와인즈버그, 오하이오』처럼 괴상한 인물이 등장하는 책이 아니라, 내가 열두 살부터 잠자거나 깨어 있을 때 늘 가지고 있던 이상한 아이디어, 생각, 환상, 꿈을 담은 책이었다.

『화성 연대기』는 이듬해인 1950년 늦은 봄에 출간되었다.

그해 봄, 나는 내가 어떤 일을 해냈는지 모른 채 미국 동부로 향했다. 시카고에서 갈아탈 기차를 기다리는 사이, 친구와 점심을 먹기 위해 아트 인스티튜트로 걸어갈 때였다. 아트 인스티튜트 계단 꼭대기에 한 무리의 사람들이 있었는데 나는 그들을 관광객이라고 생각했다. 하지만 내가 계단을 걸어 올라가기 시작하자, 그 사람들이 우르르 내려오더니 나를 둘러싸는 것이었다. 그들은 미술관을 구경하러 온 사람들이 아니라 『화성 연대기』 초판본을 읽은 나의 독자들이었다. 그들은 나 자신이 알지 못한 채로 무슨 일을 했는지 정확히 알려주기 위해 온 사람들이었다. 그날 낮의 만남은 내 인생을 영원히 바꾸어놓았다. 모든 것이 전과 달라졌다.

'만약에'라는 목록은 끝없이 이어질 수 있다. 만약에 내가 마거릿을 만나지 못했다면? 나의 가난에도 불구하고 나와 결혼해준 그녀를. 만약에 내 곁에 콩돈이 없었다면? 마거릿과 결혼한 바로 그 주부터 무려 43년 동안 나의 에이전트로 있어준 그가.

그리고 만약에 『화성 연대기』가 출간되고 얼마 되지 않아 크리스토퍼 이셔우드(영미 현대문학의 주요 작가로, 『노리스 씨 기차를 갈아타다Mr. Norris Changes Trains』(창비, 2015)를 썼다_옮긴이)가 샌타모니카의 작은 서점에 들렀을 때 내가 그 자리에 없었다면? 그 서점에서 이셔우드를 만났을 때 나는 재빨리, 내 책에 사인을 해서 그에게 건네주었다. 거부하고 경계하는 표정으로 책을 받아 든 그는 급히 사라졌다. 그리고 사흘 뒤, 그에게서 전화가 왔다.

"당신이 무슨 일을 했는지 아시오?" 그가 말했다.

"네?"

"당신 책은 훌륭하오. 내가 방금 『투머로우Tomorrow』 잡지의 서평가가 되었는데 당신 책은 나의 첫 서평 대상이 될 거요."

몇 달 뒤, 이셔우드가 또 전화를 해서는 영국의 저명한 철학자 제럴드 허드Gerald Heard가 나를 만나러 오고 싶어 한다고 말했다.

"안 됩니다!" 내가 외쳤다.

브래드버리, 몰입하는 글쓰기

"왜, 싫소?"

"새로 이사한 집에 가구가 하나도 없단 말입니다." 나는 극구 만류했다.

"허드 씨는 바닥에 앉을 거요."

허드는 결국 우리 집에 왔고 하나밖에 없는 의자에 혼자 앉았다. 이셔우드, 마거릿, 나는 바닥에 앉았다.

몇 주 뒤, 허드는 올더스 헉슬리와 차를 마시는 자리에 나를 초대했다. 두 사람은 몸을 앞으로 내밀고 서로의 말을 따라 하며 물었다.

"당신이 뭔지 아시오?"

"네?"

"시인이지." 그들이 말했다.

"세상에. **제가요?**" 내가 되물었다.

처음과 마찬가지로 이 모든 건 마치, 한 친구가 나를 떠나보내고 다른 친구가 나를 받아주는 것과 같은 여정이었다. 만약에 코윈이 나를 보내지 않았거나 브래드버리가 나를 받아주지 않았다면? 그랬다면 화성에는 결코 대기가 생기지 않았을 테고, 화성인들은 금빛 마스크를 쓰고 살아가지 못했을 테고, 그들의 도시 또한 세워지지 못했으며 사람의 손길이 닿지 않은 언덕인 채로 잊혔을 것이다. 나를 맨해튼으로 가는 여정에 오를 수 있게 해준 그들에게 감사한다. 그 여정은 또 다른 세계로 가는 40년간의 여행이 되었다.

_____

1990년 7월 6일

illustrated by Ray Bradbury

거인의 어깨 위에서_____

황혼 녘의 로봇 박물관: 상상력의 부활

지난 10여 년간, 나는 가까운 미래를 배경으로 오디오 애니메트로닉스(녹음된 음성에 따라 움직이도록 설계된 실물 크기의 모형_옮긴이) 박물관에 간 소년에 대한 긴 서사시를 쓰고 있다. 그는 '로마'라고 쓰인 주랑 현관(신전이나 교회 등 건축물에서 기둥 여러 개를 줄지어 세운 현관_옮긴이)을 빠져나가, '알렉산드리아'라고 적힌 문을 지나쳐, '그리스'라고 쓰인 표지판이 초원을 가리키고 있는 문틀을 넘어 들어간다.

소년은 인공 잔디 위를 뛰어가다가, 한낮의 올리브나무 밑에 앉아 포도주를 마시고 빵과 꿀을 먹으며 진리에 대해 이야기하는 플라톤, 소크라테스, 에우리피데스를 만난다.

소년은 주저하다가 플라톤에게 말을 건다.

"'국가'는 어떻게 되어가고 있나요?"

"앉아라. 내가 말해주마." 플라톤이 말한다.

소년이 앉자 플라톤이 이야기한다. 소크라테스가 가끔 끼어든다.

에우리피데스는 자신의 희곡 중 한 장면을 읊는다.

그러는 와중에, 소년은 지난 수십 년 동안 우리 모두의 머릿속에 맴돌던 질문을 한다.

"아이디어의 나라라고 일컬어지는 미국이, 어째서 그렇게 오랫동안 판타지와 SF를 등한시했죠? 그러다 지난 30년 사이에 주목하기 시작한 건 왜인가요?"

소년은 또 다른 질문을 던진다.

"그런 변화는 누구 때문에 생긴 거죠?"

"교사와 사서가 정신을 차리고, 똑바로 앉아서, 판타지와 SF에 주목하도록, 누가 가르쳤나요?"

"그와 동시에 미국에서 미술이 추상주의를 벗어나 순수 일러스트레이션으로 되돌아가도록 한 건 어떤 이들인가요?"

오디오 애니메트로닉스인 플라톤은 대답을 할 수 있도록 프로그래밍되어 있지 않을 것이므로, 죽은 사람도 로봇도 아닌 내가 소년의 질문들에 최선을 다해 대답하겠다.

위 질문들에 대한 답은 학생들, 젊은이들, 아이들이다.

그들이 독서와 미술의 혁명을 이끌었다.

예술과 교육의 역사상 최초로 아이들이 교사가 되었다. 우리 시대 이전에는, 지식이란 피라미드의 꼭대기에서 그 아래 넓은 부분으로 전해 내려왔고 학생들은 전력을 다해 살아남아야 했다. 신들이 말하면 아이들은 들었다.

그러나, 하! 중력이 역전되었다. 녹아내리는 빙산처럼 거대한 피라미드는 뒤집혔고, 소년들과 소녀들은 꼭대기로 올라갔다. 이제 피라미드 맨 아래에는 교사들이 있다.

어떻게 이런 일이 일어났는가? 먼저, 1920년대와 1930년대에는 교육과정 어디에도 SF 장르의 책들이 없었다. 도서관에도 거의 없었다. 1년에 한두 번 정도 책임감 있는 출판사가 장르 문학이라 할 수 있는 책을 한두 권 출판했다.

만약 1932년이나 1945년, 1953년에 미국 전역을 다니며 평범한 도서관에 들어가 찾아보았다면 알 것이다.

에드거 라이스 버로스의 책은 없었다.

라이먼 프랭크 바움의 책과 『오즈의 마법사The Wizard of OZ』도 없었다.

1958년이나 1962년에도 아이작 아시모프, 로버트 A. 하인라인, A. E. 밴 보그트 그리고 …… 레이 브래드버리는 없었다.

이따금 어떤 곳에는, 어쩌면 이 중 한두 권 정도는 있었겠지만. 나머지는 불모지였다.

그랬던 이유는 무엇인가?

그 당시 사서와 교사 사이에는 오직 '사실'만을 '일용할 양식'으로 삼아야 한다는 생각, 관념, 개념이 여전히 약하게나마 남아 있었다. 판타지? 그건 불사조를 위한 것이다. 판타지는, 대개 그러하듯 SF의 형태를 취하더라도, 위험하다. 판타지는 도피다. 판타지는 몽상이다. 세상 그리고 세상의 문제와 아무런 관련이 없다.

자기 자신이 속물인지 모르는 속물들이 그렇게 말했다.

거인의 어깨 위에서

그래서 서가는 텅 비었고, 책들은 사람 손에 닿지도 못한 채 출판사의 쓰레기통에 들어갔으며, 그에 대한 주제는 가르쳐지지 않았다.

진화가 일어났다. '아이들'이라는 종이 살아남았다. 기계와 아키텍처 속에 갇혀, 이 멋진 세계에 흩어져 있는 아이디어들을 갈망하며 굶주림에 죽어가던 아이들이 스스로 빠져나왔다. 그래서 아이들은 무엇을 했을까?

아이들은 전국 각지의 교실 안으로 걸어 들어가 교사의 책상 위에 가벼운 폭탄 하나를 내려놓았다. 아시모프의 책이었다.

"이게 뭐지?" 교사가 의심스러운 표정으로 물었다.

"읽어보세요. 좋을 거예요." 학생들이 말했다.

"됐다."

"읽어보세요." 학생들이 말했다. "첫 쪽을 읽어보고 마음에 들지 않으면 그냥 내려놓으면 되죠." 그러고는 영리한 학생들은 돌아서서 나가버렸다.

교사들은(그리고 나중에는 사서들도) 독서를 미루고 책을 몇 주간 집에 놔두었다가, 어느 늦은 밤, 책을 펼쳐 첫 단락을 읽어보았다.

그러자 폭탄이 폭발했다.

그들은 첫 단락뿐만 아니라 두 번째 단락 그리고 두 번째와 세 번째 쪽, 네 번째와 다섯 번째 장까지 읽었다.

"세상에! 이 망할 책에 **뭔가**가 있어!" 교사들 대개가 일제히 외쳤다.

"맙소사! 아이디어가 들어 있잖아!" 교사들이 두 번째 책을 읽으며 외쳤다.

"어머나! 이 책들은 거칠게 말해서, 쓸모가 아주 있어!" 교사들은 아서 C. 클라크를 읽다가, 하인라인을 펼치다가, 시어도어 스터전을 덮다가, 이렇게 중얼거렸다.

"좋아!"

굶주린 아이들이 일제히 외치는 소리가 운동장에 울려 퍼졌다. "와, 그래, 됐어!"

그리고 교사들은 다시 가르치기 시작했고 놀라운 것을 발견했다.

이전에는 전혀 책을 읽고 싶어 하지 않던 학생들이 갑자기 활기를 띠었고, 정신을 다잡고 새롭게 공부를 하기 시작했으며, 책을 읽기 시작하면서 어슐러 르 귄을 인용하기 시작했다. 살면서 신문의 짧은 부고조차 읽지 않았던 아이들이 갑자기 혀로 책장을 넘기며 더 많은 책을 찾아다녔다.

사서들은 수만 명이 SF 소설을 대출해갈 뿐만 아니라 훔쳐가기도 하고 반납도 안 한다는 사실에 깜짝 놀랐다.

"여기가 어디야?" 사서들과 교사들은 마치 왕자의 키스로 깨어난 공주처럼 서로에게 물었다. "이 책들 **안**에 무엇이 있기에 과자라도 되는 듯 거부할 수가 없는 거지?"

아이디어의 역사.

아이들은 많은 말로 표현하지 않았다. 단지 느끼고 읽고 사랑했다. 최초의 SF 소설가가 최초로 과학을 알아내려 애쓴 원시인이었음을, 아이들은 말로 설명할 순 없을지라도, 느낄 수 있었다. 최초의 과학이 무엇이냐고? 불을 구하는 방법을 찾는 것이었다. 동굴 밖에 버르장머리 없는 매머드가 어슬렁거리고 있을 때 할 수 있는 일을 찾는 것이었다. 호랑이의 커다란 칼 같은 송곳니를 뽑아서 집고양이와 다름없게 만드는 법을 찾는 것이었다.

최초의 원시인들은 이런 문제들과 실현 가능한 과학적 해결책들을 곰곰이 생각하면서 동굴 벽에 SF적 공상들을 그렸다. 그을음으로 낙서를 하며 가능한 전략을 계획했다. '어떻게 문제를 해결할까?' 생각하며 매머드, 호랑이, 불을 그렸다. 과연 어떻게 사이언스 픽션 science-fiction(해결 중인 문제)을 사이언스 팩트science-fact(해결된 문제)로 바꿀 수 있는지.

몇몇 용감한 이는 동굴 밖으로 달려 나가 매머드에게 짓밟혔고, 호랑이에게 물렸으며, 나무를 집어삼킬 듯 야수처럼 활활 타는 불에 검게 탔다. 그중 몇몇이 마침내 돌아와 동굴 벽에 승리의 장면을 그렸다. 털북숭이 대성당 같은 매머드를 땅바닥에 쓰러뜨렸고, 호랑이의 이빨을 뽑아버렸으며, 불을 길들여 동굴로 가지고 와 악몽을 훤히 밝히고 영혼을 따뜻하게 했다.

인류의 모든 역사가 문제를 풀어가는 과정, 즉 아이디어를 삼키고 소화시켜서 생존을 위한 공식을 배설하는 SF임을, 아이들은 말로 설명할 순 없을지라도, 느낄 수 있었다. 하나 없이는 다른 하나를 가질 수 없다. 판타지 없이는 현실도 없다. 손실을 고려하지 않는 연구는 이득도 없다. 상상 없이는 의지도 없다. 불가능한 꿈 없이는 가능한 해결책도 없다.

판타지, SF 속의 로봇이 결코 도피가 아님을, 아이들은 말로 설명할 순 없을지라도, 느낄 수 있었다. 판타지는 현실을 빙빙 맴돌며 우리를 매혹하고 행동하게 만든다. 비행기란 것도 결국에는, 현실을 빙빙 맴돌며 중력에게 다가가 이렇게 말한다. "봐, 내 마법 기계로 난 널 거스를 수 있어." 중력이 사라진다. 거리는 문제가 되지 않는다. 마침내 세상을 도는 태양까지 앞지르면, 시간은 멈추거나 거꾸로 간다. "맙소사! 봐! 로켓 제트 비행기가 80분 만에 왔어!"

모든 SF가 다른 쪽을 보는 척하면서 실은 문제를 해결하기 위해 애쓰고 있음을, 아이들은 소곤거리진 않더라도, 짐작하고 있었다.

나는 다른 글에서 이러한 문학적 과정을 페르세우스가 메두사와 마주하는 것으로 묘사했다. 페르세우스는 다른 쪽을 보는 척하면서 청동 방패로 메두사를 비춰보며 다가갔고 어깨 너머로 메두사의 머리를 잘랐다. 마찬가지로 SF는 미래에 있는 척하면서 오늘날의 길거리에 누워 있는 병든 개를 치료한다. 에두르는 것이 전부다. 은유가 곧 약이다.

아이들은 전신 갑옷을 입은 중장기병들을 사랑한다. 그 이름으로 부르진 않지만 말이다. 중장기병은 특별히 키운 말을 탄 특별한 페르시아인일 뿐이지만, 아주 오래전에 고대 로마 군단을 물리쳤다. 문제의 해결 과정은 이렇다. 문제는 대규모 로마 보병 부대다. SF적 공상은 중장기병이다. 로마 부대가 뿔뿔이 흩어졌다. 문제가 해결되었다. 사이언스 픽션은 사이언스 팩트가 된다.

또 다른 문제로 식중독이 있다. 이에 대한 SF적 공상은 식품을 안

전하게 보관하는 용기를 언젠가 만드는 것이다. 이런 SF적 공상을 한 사람은 나폴레옹과 그의 기술자들이다. 그들의 공상은 사실이 되었다. 그들이 통조림 캔을 발명한 것이다. 이로써 고통스럽게 죽어 갈 뻔한 수백만 명이 살았다.

결국 우리는 모두 새로운 생존 방식을 꿈꾸는 SF의 아이들이라 할 수 있다. 우리는 영원한 성물함이다. 다만 신자들이 수 세기 동안 만져볼 수 있게 수정과 금으로 만든 병에 성인의 유골을 넣는 대신, 목소리와 얼굴을 가지고 테이프, 레코드, 책, 텔레비전, 영화에 꿈과 불가능한 꿈을 담는다. 문제 해결사는 오로지 '아이디어를 간직하는 사람'뿐이다. 기술적인 방법을 찾아 시간을 절약하고, 시간을 지키며, 시간을 통해 배우고, 아울러 해결책을 내놓아야만 이 시대에서 살아남고 또 더 나은 시대로 나아갈 수 있다. 오염되었는가? 우리는 스스로 정화할 수 있다. 꽉 차 있는가? 우리는 스스로 비울 수 있다. 혼자인가? 아픈가? 텔레비전이 나타나 손을 잡아주고 질병과 고립의 아픔을 반쯤 덜어준 이후로, 세상의 병원은 더 좋은 곳이 되었다.

별을 원하는가? 가질 수 있다. 태양에게서 불을 빌려올 수 있는가? 그럴 수 있다. 그리고 그렇게 세상을 밝혀야 한다.

둘러보면 어디에나 문제가 있다. 더 깊이 보면 어디에나 해결책도 있다. 인간의 아이들, 시간의 아이들이 어떻게 이런 도전에 매혹되지 **않을** 수 있겠는가? 그리하여 SF와 SF의 역사가 생긴 것이다.

게다가 앞서 언급했듯이 젊은이들은 가까운 아트 갤러리, 시내의

미드메리, 몰입하는 글쓰기

미술관에도 폭탄을 던졌다. 그들은 전시장에 홀로 걸어 들어가 추상화로 대표되는 모던 신에서 잠들었다. 60여 년간 추상화는 가장 기본적인 것조차 사라질 때까지 과도하게 추상화되었다. 캔버스는 텅 비었다. 내용도 텅 비었다. 콘셉트는 전혀 없었다. 때로는 색조차 없었다. 강아지 서커스에서 공연하는 벼룩이 관심을 보일 만한 아이디어도 없었다.

"이제 그만!" 아이들이 외쳤다. "판타지가 있으라. SF의 빛을 비추어라."

일러스트레이션이여, 다시 태어나라.

라파엘전파(19세기 영국의 아카데미 미술에 반기를 든 진보적 예술가 집단_옮긴이)여, 또다시 복제되어 번영하라!

그리고 그렇게 되었다.

우주 시대의 아이들과 J. R. R. 톨킨의 아들, 딸은 자신들이 만든 꿈을 일러스트레이션으로 스케치하고 그리길 원했다. 그래서 원시인이나 프라 안젤리코, 단테 게이브리얼 로세티가 선보인 스토리텔링이 있는 고대의 예술이 재탄생했다. 이때 두 번째 거대한 피라미드가 뒤집어졌고, 교육은 맨 아래에서 꼭대기를 향해 이루어졌으며, 과거의 질서는 뒤바뀌었다.

그리하여 혁명이 독서에서, 문학과 회화 교육에서 이중으로 일어났다.

그리하여 마침내 산업 혁명과 전자 및 우주 시대가 삼투압을 통해 젊은이의 피와 뼈, 골수, 심장, 살, 정신으로 스며들었고 그들은 교사가 되어 우리가 알고 있었어야 했던 것을 가르쳤다.

다시 한번 진리를 말하자면, SF는 늘 아이디어의 역사였다. 아이디어는 태어나 사실이 된다. 죽더라도 새로운 꿈과 아이디어가 되어 더 매혹적인 모습과 형태로 다시 태어나는 것뿐이다. 어떤 아이디어는 영원하다. 그리고 모든 아이디어는 인류의 생존을 약속한다.

여기서 너무 심각해지지 않기를 바란다. 심각함이 너무 자유롭게 우리 사이를 돌아다니면 '붉은 죽음'(에드거 앨런 포의 「붉은 죽음의 가면」에서 적사병이라 불린 역병을 말한다_옮긴이)이 되기 때문이다. 심각함은 우리의 감옥이며 패배와 죽음이다. 좋은 아이디어는 개처럼 우리를 귀찮게 괴롭혀야 한다. 반대로 우리는 좋은 아이디어를 귀찮게 해서는 안 된다. 지성으로 질식시켜버리거나, 거들먹거려서 졸게 만들거나, 분석한다고 조각조각 내어 죽이면 안 된다.

두 눈을 똑바로 뜨고, 어린아이처럼 순수하지만 어린애처럼 유치하지는 않게 살아가야 한다. 꿈뿐만 아니라 물리학의 기적도 앞당길 수 있는 망원경이나 로켓, 마법 카펫을 빌리자.

'이중의 혁명'은 계속되고 있다. 그리고 보이지 않는 혁명들도 더 많이 일어날 것이다. 감사하게도 문제는 언제나 있을 것이다. 마찬가지로 해결책도 있을 것이다. 그리고 해결책을 찾을 내일의 아침도 있을 것이다. 신께 감사하라. 세상의 도서관과 미술관을 화성인과 엘프, 고블린, 우주 비행사로 채워라. 켄타우루스자리 알파별의 사서와 교사는 SF나 판타지를 읽지 않는 아이들에게 이렇게 말하느라 바쁘다. "그러다 바보가 되고 말 거라고!"

브래드버리, 몰입하는 글쓰기

이제 다시 긴 황혼 녘의 로봇 박물관으로 돌아와, 플라톤이 전자 기기로 구현된 국가 한가운데에서 하는 마지막 말을 들어보자.

"가라, 아이들아. 달려가 읽어라. 읽고 달려라. 보여주고 말하라. 또 다른 피라미드를 거꾸로 돌려라. 또 다른 세상을 뒤집어라. 내 머릿속의 그을음을 털어내라. 내 두개골 안에 있는 시스티나 성당을 다시 칠하라. 웃고 생각하라. 꿈꾸고 배우고 세워라."

"달려라, 소년들이여! 달려라 소녀들이여! 달려라!"

그리고 이런 멋진 충고를 들은 아이들은 달릴 것이다.

그리고 '국가'는 무사할 것이다.

———
1980

illustrated by Ray Bradbury

잠재된 정신_____

나는 평생 아일랜드에 가고 싶어 한 적이 없었다. 그런데 어느 날 존 휴스턴이 전화를 걸어와 자신이 묵고 있는 호텔에서 한잔하자고 했다. 그날 늦은 오후, 휴스턴이 나를 조심스레 쳐다보며 말했다. "아일랜드에 살면서 「백경」의 시나리오를 써보는 건 어떻소?"

그래서 우리, 그러니까 나와 아내와 두 딸은 느닷없이 흰 고래를 쫓아 떠났다. 고래를 쫓고, 잡고, 끌어올리기까지 7개월이 걸렸다. 나는 10월에서 4월까지 가고 싶지 않았던 나라에서 살았다.

나는 아일랜드의 아무것도 보지 않았고, 듣지 않았고, 느끼지 않았다고 생각했다. 교회는 개탄스러웠다. 날씨는 끔찍했다. 빈곤은 용납할 수 없었다. 나는 아무것도 받아들이지 않을 작정이었다. 게다가, 일단 고래가 눈앞에 있었다……

나의 '잠재의식'이 나를 넘어뜨릴 거라고는 생각하지 않았다. 하지만 새로울 게 없는 습한 날씨 속에서, 타자기로 거대한 고래를 해변으로 끌어오는 동안, 나의 안테나는 사람들을 신경 쓰고 있었다. 깨어 있는 자아, 완전히 의식하며 활동하는 나의 자아가 사람들을 신경 쓰지 못한 것은 아니다. 나는 사람들을 좋아하고, 존경하며, 몇몇은 친구가 되어 자주 만났다. 그러나 내 온몸 구석구석에 스며들어 있던 건, 가난과 비 그리고 불쌍한 땅에 있는 나 자신에 대한 연민이었다.

나는 고래를 잡아서 카메라 앞에 데려다 놓은 후 아일랜드에서 도망쳤다. 안개와 폭풍, 더블린과 킬콕 길거리에서 구걸하는 거지가 얼마나 끔찍한지를 제외하면 아무것도 배운 게 없다고 확신했다.

그렇지만 잠재의식의 눈은 재빨랐다. 내가 허먼 멜빌처럼 느끼길 바라며, 나의 무능함과 나의 고된 일을 매일같이 한탄하는 동안, 나의 내면에 있는 자아는 방심하지 않고 깊게 냄새를 맡으며, 길게 듣고, 가까이 보았으며, 나아가 아일랜드와 그곳 사람들을 기록했다. 언젠가 내가 긴장을 풀고 나도 모르게 그 기록들을 쏟아낼지 모를 일이었다.

나는 아일랜드의 겨울에서 벗어나 집으로 돌아오는 길에 시칠리아섬과 이탈리아에 들러 선탠을 즐기며 "코네마라 라이트풋과 도니브룩 가젤에 관해 어떤 글도 쓰지 않을 것"이라고 모두에게 장담했다. 그러나 그때 난 몇 년 전 멕시코에서의 경험을 떠올렸어야 했다. 멕시코에서 내가 맞닥뜨린 것은 비와 가난이 아니라 태양과 가난이었고, 그때 나는 멕시코인들이 죽음을 내뿜을 때 내는 지독하게도 달콤한 냄새와 죽을 수밖에 없는 운명의 날씨에 겁을 먹고 떠나왔었다. 그리고 결국 그런 경험을 바탕으로 멋진 악몽을 써냈다.

그렇기는 하지만 나는, 아일랜드는 죽었고, 장례식도 끝났으며,

그곳 사람들이 귀신처럼 다시 나타날 일은 절대 없다고 단언했다.

그렇게 몇 년이 지났다.

그러던 어느 비 오는 오후, 택시 운전사 마이크(그의 실제 이름은 닉이다)가 머릿속에 떠올랐다. 그는 가만히 나를 쿡쿡 찔러 우리가 함께 리피강을 따라 습지를 건너다니곤 했던 길을 생각나게 했다. 그는 매일 깊은 밤, 이야기를 들려주며 그의 오래된 쇳덩어리 차를 천천히 몰아, 안개를 뚫고 나를 로열 하이버니언 호텔로 데려다주었다. 그는 수십 번에 달하는 그 '어둠 속 여정'을 통해 야생의 녹지로 뒤덮인 그 나라에서, 내가 가장 잘 아는 한 사람이 되었다.

"나에 관한 진실을 말해요. 그냥 있는 그대로 써봐요." 마이크가 말했다.

그리고 갑자기 나는 단편 소설과 희곡을 썼다. 소설은 진실했고 희곡도 그랬다. 이 일은 그냥 그렇게 일어났다. 그렇지 않았다면 있을 수 없는 일이었다.

그런데 소설은 그렇다 치고 희곡은 왜 썼을까? 왜 나는 오랜 세월이 지나 무대로 향했을까? 무대로 향한 게 아니었다. 돌아간 것이었다.

소년 시절 나는 아마추어 연극 무대와 라디오에서 연기를 했다. 젊을 때는 희곡을 썼다. 그 희곡들은 연극으로 제작되지 않았고, 너무 형편없었다. 그래서 나중에 다른 식으로 최초이자 최고의 글을 쓰는 법을 알게 될 때까지는, 다시는 희곡을 쓰지 않기로 다짐했다.

동시에, 연기도 포기했다. 연기자가 일하기 위해 반드시 거쳐야 할 치열한 정치 권력적 문제들이 두려웠기 때문이다. 게다가 단편 소설과 장편 소설의 부름이 있었다. 나는 부름에 답했고 글쓰기에 빠졌다. 그렇게 수년이 지났다. 나는 수백 편의 연극을 보러 갔다. 연극을 사랑했다. 그러나 여전히 1막 1장을 쓰는 일은 미루고, 또 미루었다. 그러다가 「백경」을 쓰게 돼서, 잠시 그에 대해 곰곰이 생각하고 나자, 갑자기 택시 운전사 마이크가 나타나 내 영혼을 뒤지더니, 몇 해 전 단풍이 들던 가을의 킬샨드라 지역과 타라 언덕 근처에서 겪은 희한한 일에 관한 기억을 끌어올렸다. 연극을 향한 나의 오래된 사랑이 마지막 힘을 다해 나를 떠밀었다.

또한 예기치 않은 공짜 선물과 함께 편지를 보내온 낯선 이들도 나를 떠밀었다. 8~9년 전부터 다음과 같은 편지가 오기 시작한 것이다.

작가님, 저는 지난밤 침대에서 아내에게 「안개고동」에 대해 이야기해줬습니다.

작가님, 저는 열다섯 살인데요. 일리노이주 거니 지역 고등학교에서 열린 연례 암송 대회에서 「우렛소리A Sound of Thunder」를 암송하고 상을 탔어요.

브래드버리 선생님, 지난밤 우리 학회에서 7명이 연극 형태로 『화씨 451』을 낭독했는데, 2,000명이나 되는 영어 교사들로부터 따뜻한 환대를 받았습니다.

전국의 초등학생, 고등학생, 대학생이 내가 쓴 소설 수십 편을 읽고 낭독하고 암송하고 극으로 만들었다. 편지가 쌓이고 쌓이다 마침내 나를 넘어뜨리고 내 위로 쏟아졌다. 나는 아내에게 말했다. "나를 빼고 모든 사람이 내 소설을 각색하는 걸 좋아해. 어떻게 그럴 수 있지?"

그건 분명 옛날이야기와는 정반대였다. 사람들은 임금님이 벌거벗었다고 소리치는 대신에, 로스앤젤레스 고등학교의 한 영어 낙제생이 너무 많은 옷을 두껍게 껴입었다고 분명히 말하고 있었다!

그래서 나는 희곡을 쓰기 시작했다.

나를 무대로 돌아가게 만든 마지막 한 가지가 있다. 지난 5년간 나는 유럽과 미국의 좋은 관념극을 많이 찾아 읽는 한편 부조리극과 그보다 심오한 연극도 보았다. 나는 전체적으로 그 연극들을 약하다고 판단할 수밖에 없었다. 대개가 지적이지 않으며 무엇보다 가장 중요한 상상력과 재능이 부족했다.

이런 재미없는 생각을 하다니, 당장 내 머리를 처형대에 올려놓아야 마땅하다. 원한다면 내 목을 쳐도 좋다.

이건 그리 드문 일이 아니다. 문학사에는 옳든 그르든 자신이 한 분야를 정리하거나, 발전시키거나, 혁신할 수 있다고 생각하는 작가가 차고 넘친다. 그래서 많은 이가 천사가 발자국을 남기지 않은 곳에 뛰어든다.

한번 도전했던 나는 열정적으로, 또다시 도전했다. 타자기에서 마이크가 튀어나오자 부르지도 않은 다른 이들도 뒤따라 나왔다. 그리고 점점 더 많은 이가 밀려 나오면서 공간을 차지하기 위한 몸싸움이 벌어졌다.

나는 불현듯 내가 아일랜드인의 사교 활동과 야단법석에 대해 한 달 또는 1년 넘게 쓸 수 있을 만큼 많이 알고 있다는 것을 깨달았다. 무의식적으로, 내 잠재의식에 감사하며, 무지막지하게 넓은 우체국, 야간 전화, 시내, 날씨, 짐승, 자전거, 교회, 영화관, 종교 의식, 비행기를 골라냈다.

처음에는 마이크가 나를 천천히 걷게 했다. 그러나 나는 이내 점점 빠르게 걷다 한참을 전력 질주했다.

소설과 희곡이 함께 태어났다. 나는 방해되지 않게 비켜서기만 하면 되었다.

지금은 그에 관한 모든 글을 다 썼으며, SF 머신에 관한 또 다른 희곡을 쓰느라 바쁘다. 그렇다면 나는 희곡을 쓰고 난 뒤 그에 관한 적절한 이론을 갖게 되었을까?

물론이다.

오직 글쓰기를 하고 난 뒤에만 이해하고, 검토하고, 설명할 수 있다. 그 전에 미리 알려고 하는 것은 얼려 죽이는 짓이다.

자의식은 모든 예술의 적이다. 연기든, 글쓰기든, 그림 그리기

든, 가장 훌륭한 예술인 살아가는 것 그 자체든 말이다.

지금부터 나의 이론을 소개한다.

우리 작가들이 하는 일이란 다음과 같다.

우리는 웃음을 위한 긴장감을 만든 다음, 웃음이 터지게 한다.

우리는 슬픔을 위한 긴장감을 만든 다음, 결국 눈물샘을 자극하는 말을 한다.

우리는 폭력을 위한 긴장감을 만든 다음, 도화선에 불을 붙이고 도망간다.

우리는 사랑을 위한 낯선 긴장감을 만든 다음, 변화하고 초월할 수 있게 수많은 다른 긴장감을 뒤섞어 독자의 마음에 결심을 맺게 한다.

우리는 특히 오늘날, 고통을 위한 긴장감을 만든 다음, 독자를 고통스럽게 한다. 우리가 충분히 잘하고, 재능이 있고, 관찰력이 있다면 말이다.

각각의 긴장감은 그만의 적절한 결말을 맞으며 해소되고 완화된다.

모든 긴장감은 미학적으로나, 실질적으로나 해결되지 않고 남아 있어서는 안 된다. 그렇지 않으면 어떤 예술도 목표로 가는 도중에 불완전하게 끝날 수밖에 없다. 그리고 실제 삶 속에서는, 우리 모두 알다시피, 긴장을 풀지 못하면 광기로 이어질 수 있다.

여기에는 예외가 있다. 소설이나 연극 가운데 긴장이 고조된 상태로 결말을 맞지만 해소가 암시되는 경우다. 이때 독자나 관객은 세상에 나아가 아이디어를 쏟아내야 한다. 마지막 행위가 창작자에게서 독자와 관객으로 옮겨가면서 웃음, 눈물, 폭력, 사랑 그리고 고통까지 마무리하는 일이 그들에게 주어지는 것이다.

만약 이를 모른다면, 근본적으로 인간 존재의 본질인 창의력의 본질을 알지 못하는 것이다.

부조리극, 부조리극에 가까운 연극, 관념극 등 온갖 종류의 연극을 쓰고자 하는 신인 작가에게 그리고 내 안에 있는 신인 작가에게 조언을 하자면 다음과 같다.

무의미한 농담을 하지 말라.

웃기지 않는다면 비웃을 것이다.

울게 만들려고 긴장감을 만들지도 애통하게 하지도 말라.

더 나은 통곡의 벽을 찾을 것이다.

주먹을 쥐게 만들어놓고 목표물을 감추지 말라.

그 대신 맞을 수도 있다.

무엇보다도, 배의 난간으로 가는 길을 보여줄 게 아니라면 고통스럽게 하지 말라.

제발 명심하라. 독을 먹으면 토해야만 한다. 많은 이가 고통스러운 영화, 고통스러운 소설, 고통스러운 희곡을 쓰면서도, 독이 몸을 상하게 하듯 그런 것들이 정신을 상하게 만들 수 있다는 것을 잊은 듯하다. 대부분의 독은 병에 붙은 라벨에 잘못 마셨을 경우 토하라는 말이 적혀 있다.

방치하거나, 무시하거나, 무력한 탓에, 지능적인 보르자 가문(르네상스 시대, 독약을 사용해 정적을 제거했다고 한다_옮긴이)이 목구멍에 털 뭉치를 밀어 넣게 놔두고도 우리는 경련을 일으켜 나아지려 하지 않는다. 게워내야만 건강을 회복할 수 있다는 오래된 지혜를 잊은 것이다. 짐승조차 게워내는 게 좋다는 것과 언제가 적절한 때인지를 안다. 내게 적당한 때와 장소에서 게워내는 법을 알려주길. 풀을 뜯어먹고 토할 줄 아는 똑똑하고 행복한 개들처럼 다시 들판을 걸을 수있도록.

예술미는 모든 것을 아우르고 있다. 여기에는 모든 공포와 모든기쁨도 포함된다. 그러한 공포와 기쁨을 일으키는 긴장이 떨어지고해소된다면 말이다. 나는 해피엔딩을 요구하는 게 아니다. 단지 작품에 담긴 에너지와 폭발력을 제대로 평가한, 적절한 결말을 요구할뿐이다.

멕시코에서는 정오의 태양 아래에서도 너무 어두워 깜짝 놀랐는데, 아일랜드에서는 안개에 완전히 삼켜진 태양이 여전히 따뜻해서놀랐다. 멕시코에서 들었던 먼 곳의 드럼 소리는 나를 장례 행렬로이끌었고 아일랜드 더블린에서 들었던 드럼 소리는 나를 술집으로이끌었다. 희곡은 행복한 작품이 되고 싶어 했다. 그래서 나는 희곡이 그만의 허기와 욕구, 평범하지 않은 기쁨, 보기 좋은 즐거움을 바탕으로 스스로 그렇게 쓰이도록 두었다.

그 결과 아일랜드에 관한 희곡을 대여섯 편 썼고 더 쓸 예정이다.자전거 충돌 사고를 당한 뒤 뇌진탕으로 수년간 끔찍한 고통을 겪는사람들이 아일랜드 전역에 있다는 것을 알고 있는가? 진짜다. 나는그들을 포착해 한 연극 안에 담았다. 매일 밤 영화관에서 아일랜드

국가가 연주되기 직전에 사람들이 그 끔찍한 음악을 다시 듣지 않으려고 몸싸움을 하며 앞다투어 출구로 빠져나간다는 것은 알았는가? 그 또한 진짜다. 내가 목격했다. 나도 그들과 함께 달렸다. 그 경험은 이제 「국가 달리기 선수」라는 연극이 되었다. 안개가 자욱한 밤에 아일랜드 중부의 늪지대를 운전하는 가장 좋은 방법이 불을 끄고 달리는 것이란 걸 알았는가? 게다가 엄청 빠르게 달리면 더 좋다! 나는 이에 관한 작품도 썼다. 아름다움을 향해 혀를 놀리는 것은 아일랜드인의 피인가, 아니면 피를 흐르게 해 혀를 놀리고 하프에 맞추어 시를 읊도록 목구멍에 부은 위스키인가? 나는 모르겠다. 잠재된 자아에게 묻고 대답을 들을 뿐이다. 현명한 자여, 내가 듣겠소.

나는 내 자신이 모자란 사람이며, 무식쟁이에다가, 무신경한 인간이라고 생각했지만 결국에는 아일랜드에 관한 1막 연극, 3막 연극, 에세이, 시, 소설을 썼다. 나는 부유했지만 그걸 몰랐다. 우리는 모두 부유하다. 그리고 자신에게 세월의 지혜가 쌓여 있다는 사실을 모른다.

나는 소설과 희곡을 통해 나 자신, 나의 직감, 나의 잠재의식을 다시는 의심하지 말아야 한다는 것을 계속해서 배우고 떠올린다.

이제부터는 늘 깨어 있고 싶고, 최선을 다해 훈련하고 싶다. 하지만 그것으론 부족하다. 앞으로 나는 느긋하게 나의 잠재의식을 찾아가 무언가 끝나기를 기다리고 있을 때 내가 무엇을 목격했는지 볼 것이다.

우리는 가만히 기다리지 않는다.

우리는 꾸준히 조용하게 채워지는 컵이다.

비결은 자신을 넘어뜨려 아름다운 것들이 쏟아져 나오도록 하는 법을 아는 것이다.

나의 관념극

이 시대는 정말 연극적이다. 광기, 무모함, 탁월함, 독창성으로 가득하고 신나는 동시에 우울하며 말이 너무 많거나 너무 적다.

그리고 앞에서 언급한 사례들을 모두 관통하는 변함없는 한 가지가 있다.

아이디어.

아이디어는 진행 중이다.

인류의 길고 고통스러운 역사상 처음으로 아이디어는 책 속의 철학처럼 종이 위에만 존재하는 것이 아니게 되었다.

오늘날의 아이디어는 설계와 모형 단계를 거쳐 제작되고, 전기가 흐르며, 조여지고, 풀어지며, 인간을 북돋우거나 지치게 한다.

이 모든 게 사실이라면, 우리 시대의 가장 큰 문제인 인간과 엄청난 도구, 인간과 인간이 만든 기계, 인간과 도덕관념이라고는 전혀 없는 로봇(괴상하고 이해하기 힘든 방식으로, 인간을 사악하게 만드는 그런 로봇)을 다루는 영화, 소설, 시, 회화, 연극이 너무 없는 것 아닌가.

나는 내가 만든 연극이 무엇보다도 즐거움을 주기 바라며 자극적이고, 도발적이고, 위협적이고, 희망과 위로를 줄 만큼 재미있었으면 좋겠다. 내가 생각하는 중요한 것은, 좋은 이야기를 쓰는 것, 그리고 처음부터 끝까지 열정적으로 잘 쓰는 것이다. 연극이 끝나고 집으로 돌아가는 관객에게 여운이 있어야 한다. 관객이 밤잠에서 깨어 말하게 해야 한다. "오, 그가 의미한 게 바로 **그거**였어!" 또는 다음 날 외치게 만들어야 한다. "그는 **우리**를 의미했어! 그는 **지금**을 의미했어! **우리**의 세계, **우리**의 문제, **우리**의 기쁨, **우리**의 절망을 의미했어!"

나는 속물적인 설교자나 말만 거창한 박애주의자, 지루한 개혁가가 **되고 싶지 않다**.

나는 **달리고 싶다**. 그리하여 인류의 모든 역사상 가장 위대한 이 시대를 붙잡고, 만지고, 듣고, 냄새 맡고, 맛보며, 나의 감각을 채우길 원한다. 그리고 다른 이들도 아이디어와 아이디어로 만든 기계를 쫓고 쫓기며 나와 함께 달리길 바란다.

밤마다 툭하면 경찰에게 검문을 당하던 때가 있었다. 경찰은 내게 "길을 걸으면서 뭘 **하고** 있소?" 하고 물었다. 그 경험으로 나는 「산책하는 사람」이라는 희곡을 썼는데, 미래를 배경으로 도시를 산책하는 사람들이 곤경에 처하는 이야기다.

또한 모든 연령대의 아이들이 텔레비전에 넋이 나가 주위를 전혀 의식하지 못하는 상황을 수없이 목격하고는 「대초원에 놀러 오세요」를 썼다. 이 희곡은 가까운 미래를 배경으로 사방이 텔레비전

인 방이 모든 생활의 중심이 되어버린, 덫에 걸린 한 가족의 이야
기다.

그리고 평범함 속에 숨어 있는 시인, 즉 생활 속 달인에 대한 희곡
도 썼다. 그는 기억력이 무척 좋아서 1925년의 자동차 브랜드 문,
키셀, 뷰익이 각각 어떻게 생겼는지는 물론 휠 캡, 앞 유리, 대시보
드, 번호판 모양까지 기억했다. 또한 자기가 산 모든 사탕의 포장지
색깔과 피웠던 모든 담배의 담뱃갑 디자인을 묘사할 수 있었다.

이러한 연극들, 이러한 아이디어들이 이제 무대 위에서 시동을
걸고 있는바, 나는 진정한 우리 시대의 산물로 여겨지길 바란다.

———
1965

illustrated by **Ray Bradbury**

소설이 영화가 되기까지_____

(이 글은 영화「사악한 것이 온다」개봉을 앞두고, 1982년 11월에
한 인터뷰를 옮긴 것이다.)

출발은 『위어드 테일스』에 실린 3,000단어 분량의 소설 「검은 관
람차」(1948)였다. 마을에 온 서커스단에 이상한 점이 있다고 의
심하는 두 소년에 관한 이야기다. 이 소설은 70쪽 분량의 시나리
오 「다크 카니발」(1958)이 되었고, 진 켈리가 감독을 맡기로 했
었다. 하지만 제작이 무산되고 이 시나리오는 장편 소설 『사악한
것이 온다』(1962)가 되었다. 소설은 다시 두 차례 시나리오로 각
색되었고(1971, 1976) 마침내 영화화되었다(한국에 알려진 영화 제목
은 「이상한 실종」이다_옮긴이). 이 모든 단편 소설과 장편 소설, 트리트
먼트(시나리오 창작 과정 중 시놉시스에서 발전한 단계_옮긴이), 시나리오를 쓴
저자는 물론 레이 브래드버리다. 운 좋게도 그는 "나는 늘 내 작품
의 좋은 편집자였다"고 말한다.

"저는 글을 쓰는 친구들에게 글쓰기에 두 가지 기술이 있다고 알

려줍니다. 첫째는 작품을 완성하는 것입니다. 그리고 둘째는 죽거나 다치지 않게 하면서 어떻게든 글을 잘라내는 법을 배우는 것입니다. 작가로서 첫발을 내딛는 단계에서는 누구나 이런 작업을 싫어합니다. 하지만 나이가 들고 보니 제게 이 일은 멋진 게임이 되었습니다. 저는 원작을 쓰는 것만큼 그런 도전을 좋아합니다. 말그대로 도전이기 때문이지요. 지적인 도전이자 환자를 죽이지 않고 메스로 환부를 도려내는 일입니다."

편집이 멋진 게임이라면, 「사악한 것이 온다」는 브래드버리가 오랫동안 이 영화의 시나리오를 각색하고 재각색한 만큼 무한한 가능성이 있는 진정한 게임이다. 이 영화는 두 소년 윌 핼러웨이와 짐 나이트셰이드 그리고 한 바퀴 돌 때마다 타고 있는 사람의 나이를 한 살씩 먹게 만드는 악마의 회전목마 이야기다. 브래드버리는 디즈니가 2월에 내놓을 잭 클레이튼 감독의 이 영화가 "지금까지 영화화된 내 작품 중 가장 충실하다"며 만족해했다. 그는 클레이튼 감독과의 협업을 즐긴 듯하다. "클레이튼을 위해 완전히 새로운 시나리오를 쓰는 데 6개월이 걸렸습니다. 그는 매일 오후를 함께 보내기에 좋은 사람이라서, 멋진 경험이었습니다."

_미치 터크먼

처음에 내가 쓴 시나리오는 260쪽이었다. 영화로 여섯 시간 분량이었다. 클레이튼이 내게 말했다. "음, 이제 40쪽을 잘라내면 되겠소." 내가 "맙소사, 난 못해요"라고 하자, 그는 "해봐요. 당신이 할 수 있다는 걸 압니다. 내가 뒤에 있을 거요"라고 했다. 그래서 나는 40쪽을 잘라냈다. "좋소. 이제 40쪽을 더 잘라내봅시다." 나는 다시 시나리오를 180쪽으로 줄였다. 그러자 클레이튼이 말했다. "30쪽 더." 내가 소리쳤다. "불가능합니다. 불가능하다고요!" 그러곤 시나리오를 150쪽으로 줄였다. 클레이튼이 다시 말했다. "30쪽 더." 클레이튼은 계속해서 내가 할 수 있다고 말했고, 세상에, 마지막 수정을 마치자 결국 시나리오는 120쪽으로 줄었다. 그게 더 나았다.

> 클레이튼 감독에게 260쪽짜리 시나리오를 줬을 때 그대로 영화를 찍을 거라 생각했는지? 경험 있는 시나리오 작가로서 분명 알았을 텐데……

아, 물론 너무 길다는 걸 알았다. 첫 번째 편집은 내가 충분히 할 수 있었다. 하지만 그다음부터는 점점 힘들어졌다. 무엇보다도, 피곤하면 명확히 볼 수가 없다. 그래서 나보다 신선한 눈으로 볼 수 있는 감독이나 제작자가 지름길을 찾는 데 도움이 된다.

> 클레이튼 감독이 준 아이디어는 어떤 식이었는가?

그냥 그날그날 옆에 앉아서 "이 대사를 여섯 줄 대신 두 줄로 표현하는 방법 없을까요?"라고 말하는 식이었다. 그는 뭔가를 좀 더 짧게 표현하는 방법을 찾아보라며 나를 도전하게 만들었고 나는 그 길을 찾았다. 그런 간접적인 제안과 그가 나를 심리적으로 지지하고 있다는 사실이 중요했다.

│ 대사나 행동, 이 가운데 어떤 것을 잘라내는가?

모두 다 잘라낸다. 중요한 건 압축이다. 사실 자른다기보다 은유를 알게 되는 것이다. 여기서 시에 관한 지식이 꽤 도움이 되었다. 위대한 시와 위대한 시나리오 사이에는 관계가 있는데, 둘 다 압축된 이미지를 다룬다는 점이다. 올바른 은유, 올바른 이미지를 찾아서 장면 속에 넣을 수만 있다면 대사 네 쪽을 대체할 수 있다.

「아라비아의 로런스Lawrence of Arabia」를 보면 가장 뛰어난 장면 중에 대사가 없는 장면이 있다. 로런스가 낙타 모는 사람을 구하기 위해 사막으로 돌아가는 장면이다. 전체에 대사가 단 한 줄도 없다. 5분 동안 계속되는 장면이지만 이미지뿐이다. 그 시간 동안 우리는 모두 내리쬐는 태양과 맹렬한 폭염 속에서 로런스를 기다린다. 그가 사막에서 나오면 음악이 고조되고 우리의 가슴도 부풀어 오른다. 바로 그런 게 우리가 찾는 것이다.

나는 시나리오 작가가 될 수밖에 없는 인간이다. 늘 그래왔다. 나는 언제나 영화에 속해 있는 영화의 자식이었다. 두 살 때부터 상영하는 모든 영화를 보았고, 늘 영화로 가득한 상태였다. 열일곱 살 때는 영화를 일주일에 열두 편에서 열네 편씩 보았다. 그렇다, 엄청난

양이다. 다시 말해 모든 영화를, 쓰레기 같은 영화까지 모두 보았다는 뜻이다. 하지만 좋았다. 그건 배움의 길이었다. 우리는 하지 말아야 할 것을 배워야 한다. 훌륭한 영화를 보는 것만으로는 이런 것을 전혀 배울 수 없다. 훌륭한 영화는 신비롭기 때문이다. 위대한 영화는 신비롭고, 그런 신비는 풀 방법이 없다. 「시민 케인」은 왜 뛰어난가? 글쎄, 그냥 뛰어난 거다. 그 영화는 모든 수준에서 훌륭하다. 어떤 한 가지를 딱 꼬집어 바로 저것이라고 할 수 없다. 그냥 모든 것이 괜찮다. 하지만 나쁜 영화는 무엇이 나쁜지 바로 드러나며, 그래서 더 많은 것을 가르쳐준다. "나는 절대로 **저렇게** 하지 않을 거야. 절대로 **저렇게** 안 해. 죽어도 **저렇게** 하지 말아야지."

소설가가 자신의 작품을 각색한 시나리오에 만족하지 못하는 경우는 많다. 그런 불만은 종종 잘못된 기대의 결과다. 시나리오 작가 브래드버리가 『사악한 것이 온다』의 각색에 대해 소설가 브래드버리에게 일러둘 것이 있다면 예를 들어줄 수 있는가?

클레이튼과 나는 '더스트 위치'를 두고 오랫동안 토론했다. 그녀는 매우 기묘한 존재다. 소설에서 그녀는 도서관으로 가고 있는데, 그녀의 두 눈은 꿰매져 감겨 있다. 우리는 영화에서 이를 제대로 표현하지 못하면 우스꽝스러워질까 봐 걱정했다. 그래서 이를 반전시켜 더스트 위치를 세상에서 가장 아름다운 여성으로 만들었다(영화에서 팸 그리어가 역할을 맡았다). 가끔씩 그녀는 돌변하고, 소년들은 그녀의 감춰진 모습, 즉 추악하고 못생긴 모습을 보게 된다. 나는 이게 훨씬 효과적이라고 생각한다.

> 책에서 찰스 핼러웨이는 어쩔 수 없이 사라질 수밖에 없는 젊음에 대해 애도하는 태도를 취한다. 영화에서 슬픈 표정 외에 이를 표현하는 방법이 있었는가? 연관된 행동이 없는 그런 내적 독백을 영화로 가져오는 방법이 있었는가?

있었다. 그게 전부는 아니지만 강화했다고 생각한다. 찰스 핼러웨이는 예전에 물에 빠진 어린 아들 월을 구할 기회를 놓친 적이 있다. 길 건너편에 있던 나이트세이드 씨가 월을 대신 구해주었다. 그리고 이는 되풀이되는 감정선이 된다. 결국에는 월을 거울미로에서 구하는 일이 핼러웨이의 손에 달려 있게 된다. 이런 사건들이 핼러웨이의 태도를 강화한다.

또한 시나리오 전체에 작은 힌트들이 있다. 예를 들어 밤늦게 아내와 이야기 나누는 장면이나 베란다에서 월과 대화하는 장면이다. 힌트를 너무 많이 줄 필요는 없다. 이것이 영화 작업의 위대한 점이다. 누군가가 무엇을 바라보는 방식이나 바람을 느끼는 방식만으로 충분하다. 더 이상 말이 필요 없다.

찰스 핼러웨이가 아들 월과 밤늦게 베란다에 앉아 대화를 하는 멋진 장면이 있다. 월이 말한다. "가끔 아빠가 밤늦게 끙끙거리는 소리를 들었어요. 제가 행복하게 해드릴 수 있으면 좋겠어요." 핼러웨

이가 말한다. "그냥 내가 영원히 살 거라고 말해다오." 가슴 아픈 장
면이다.

> 과장법은 어떤가? "마치 기차가 불구덩이로 돌진한 듯 수억 개의 목
> 소리가 뚝 그쳤다." 같은 구절은 영화에서 표현할 수 없을 것 같다.

소년들이 묘지 위를 달리며 기차가 지나가는 것을 보는 장면이
있다. 그들이 제방 옆에서 몸을 움츠리고 있을 때 기차가 기적을 울
리자 묘지에 있는 모든 돌이 흔들리고 천사 동상이 먼지를 떨군다.
하하!

> 소설에는 명사를 활용한, 눈길을 끄는 묘사가 있다. 예컨대 찰스 핼러
> 웨이를 "황새 다리를 하고 칠면조처럼 팔을 흔드는 아버지"라고 묘사
> 한다. 이런 묘사를 스크린으로 옮길 수 있는가?

훌륭한 감독은 할 수 있다.

> 영화에도 새가 나오는가?

훌륭한 감독은 방법을 찾아낸다. 시를 촬영하면 되니까. 식은 죽
먹기다.
무슨 말인지 예를 들어보겠다. 나는 22년 동안 서던캘리포니아

대학교 영화학과에서 강의를 해왔다. 1년에 두세 번 정도 가는데 많은 학생이 찾아와서 말한다. "작가님 단편 소설로 영화를 만들어도 될까요?" 내가 말한다. "물론 되지. 만들게. 하지만 한 가지 조건이 있네. 전체 이야기를 다 찍게. 내가 쓴 소설을 읽고 단락마다 숏을 배치해. 모든 단락이 숏일 걸세. 단락을 읽으면 클로즈업 숏인지 롱 숏인지 알 수 있다네." 그러면, 세상에, 학생들은 작은 카메라와 500달러만 갖고선 나와 일했던 여느 대형 제작사보다 영화를 더 잘 찍어 온다. 그들이 소설을 따랐기 때문이다.

내 모든 소설은 영화적이다. 몇 년 전에 워너브라더스에서 제작한 「일러스트레이티드 맨」은 잘되지 않았다. 그들이 내 단편 소설을 읽지 않았기 때문이다. 나는 아마 오늘날 이 나라에서 가장 영화적인 소설가일 것이다. 나의 모든 단편 소설은 각각의 쪽 그대로 숏을 찍을 수 있다. 모든 단락이 숏이다.

몇 년 전에 「사악한 것이 온다」를 감독하는 문제로 샘 페킨파 감독과 처음으로 만났을 때 그에게 물었다. "이 영화를 만들게 된다면 어떻게 찍을 거요?" 그가 대답했다. "책장을 찢어서 카메라에 담아내야지요." 내가 말했다. "옳은 말이오."

해야 할 일이란 결국 책에 담긴 모든 은유 중에서 몇 가지를 추려내 사람들이 비웃지 않을 정도의 적절한 비율로 시나리오에 집어넣는 것이다.

예를 들어 최근에 텔레비전에서 라스베이거스와 도박에 관한 조지 스티븐스 감독의 영화 「마을의 유일한 게임The Only Game in

Town』을 보았다. 주연은 워런 비티와 약간 뚱뚱해진 엘리자베스 테일러였다. 영화가 시작되고 30분쯤 흘렀을 때 테일러가 비티에게 말한다. "나를 안아서 침실로 데려가 줘요." 글쎄, 나는 웃을 수밖에 없었다. "그러다 허리를 삐끗하겠군." 하고 생각했다. 그렇게 하면 영화를 망친다는 뜻이다.

영화에서 판타지를 펼칠 때는 관객들이 의자에서 떨어지지 않게 해야 한다.

│ 시나리오 각색 작업은 어떻게 시작하는가?

모든 걸 버리고 다시 시작한다.

│ 원작을 보지 않는다는 말인가?

나는 내 작품을 바탕으로 시나리오나 희곡을 쓸 때는 원작을 보지 않는다. 시나리오나 희곡을 완성한 다음 원작으로 돌아가서 빠진 것이 없는지 본다. 빠진 게 있으면 언제든 끼워 넣을 수 있으니까. 30년이 지나 작품 속 인물이 말하는 것을 듣는 편이 훨씬 재미있다.

2년 전에 『화씨 451』을 로스앤젤레스 무대에 올린 적이 있다. 그때 나는 그냥 인물들에게 가서 말했다. "잘들 있었나? 30년 만에 하는 대화로군. 그동안 성장했나? 그러길 바라네. 나는 성장했어." 물론 그들도 성장해 있었다. 방화서 서장이 내게 말했다. "이봐, 30년 전에 내 이야기를 쓰면서 왜 내가 책을 불태우는지 물어보는 걸 잊었더군." 내가 말했다. "맙소사! 좋은 지적이야. 자네는 왜 책을 태우지?" 방화서 서장이 이야기를 들려주었고 그 내용은 소설에는 없고 연극에만 있는 훌륭한 장면이 되었다. 언젠가는 소설을 펼치고 그 새로운 장면을 집어넣을 것이다. 훌륭하니까.

| 그러면 영화도 다시 만들 것인가?

프랑수아 트뤼포 감독이 만든 「화씨 451」을 좋아하기 때문에 반드시 그렇지는 않다. 하지만 새로운 장면이 들어간 연극으로 텔레비전 특별 프로그램은 만들고 싶다. 방화서 서장에게 이야기할 기회를 주고 싶다. 그는 실패한 낭만주의자이며 책으로 모든 것을 치료할 수 있다고 생각했다. 우리 역시 삶의 어느 시점에서 책을 발견하고 그렇게 생각한다. 그렇지 않은가? 우리는 급할 때 『성경』이나 셰익스피어, 에밀리 디킨슨을 찾는다. 그러고는 "와, 여기에 모든 비밀이 다 있네"라고 말한다.

| 직접 시나리오도 쓰고 영화에서 할 수 있는 것과 할 수 없는 것을 알고 있는데, 영화 연출에는 관심 없는가?

없다. 나는 그렇게 많은 사람을 다루고 싶지 않다. 감독은 배우와 제작진 40~50명이 언제나 자신을 사랑하거나 두려워하도록, 또는

둘 다 하도록 만들어야 한다. 게다가 어떻게 그 많은 사람을 대하면서 온전한 정신과 예의를 지킬 수 있는 건가? 나는 내가 참지 못하고 짜증을 낼까 봐 두렵다. 그러고 싶지 않다.

알다시피, 나는 매일 아침 일어나 타자기로 달려가 한 시간 만에 세상을 창조하는 일에 익숙하다. 누군가를 기다릴 필요가 없다. 누군가를 비판할 필요도 없다. 그걸로 끝이다. 내게 필요한 건 시간뿐이다. 나는 다른 사람보다 앞서 있다. 남은 하루를 빈둥거릴 수도 있다. 아침에 이미 1,000단어에 이르는 글을 썼으니까. 이미 모두를 앞질렀으므로 두세 시간 동안 점심을 먹고 싶다면 그렇게 할 수도 있다.

하지만 감독은 그렇지 않다. "오, 이런. 나는 기분이 좋은데 다른 사람들 기분은 어떻게 끌어올릴 수 있을지가 걱정이군. 여주인공이 오늘 기분이 좋지 않으면 어떡하지? 남주인공이 성미가 고약하면 어쩌지? 이를 어떻게 처리하지?"

| 작품 속 인물들은 그런 문제를 일으키지 않는가?

전혀. 나는 내 아이디어에서 비롯된 것 때문에 짜증을 참아야 했던 적은 없다.

| 아이디어를 그냥 풀어놓는 것인가?

일이 힘들어지면 즉시 손을 놓는다. 그것이 창의력의 위대한 비결이다. 아이디어는 고양이처럼 다루어야 한다. 아이디어가 따라오게 해야 한다. 고양이에게 다가가서 안아 올리려 하면 가만있지 않는다. "음, 나는 너에게 관심 없어"라고 해야 한다. 그러면 고양이가 이럴 것이다. "잠깐. 저 인간은 다른 인간들과 다르게 행동하는군." 그리고 호기심에 따라올 것이다. "나를 사랑하지 않다니 뭐가 문제야?"

아이디어도 마찬가지다. 알겠는가? "음, 나는 우울해할 필요가 없어. 걱정할 필요도 없지. 다그칠 필요도 없어." 그럼 아이디어가 따라온다. 아이디어가 경계를 풀고 세상에 나올 준비가 되면, 그때 돌아서서 잡으면 된다.

1982

글쓰기 기술의 선禪_____

이 글의 제목을 '글쓰기 기술의 선'이라 붙인 이유는 아주 확실히, 이 제목이 충격적이기 때문이다. 이 제목에 대한 다양한 반응은 사람들을 끌어모은다. 동정심에 다가와 소리를 지르는 호기심 많은 구경꾼뿐이더라도 말이다. 예전에 전국을 돌며 약을 팔던 주술사는 사람들이 입이 떡 벌어지도록 관심을 끌기 위해 증기 오르간과 북을 연주하고 블랙풋 인디언을 이용했다. 적어도 이 글의 첫머리에서는 나도 '선(禪, Zen)'을 거의 동일한 방식으로 이용한 것을 양해해주길 바란다. 마지막에 가면 내 말이 농담이 아니라는 점을 알게 될 것이다. 그렇지만 점차 진지해질 것이다.

이제부터 내가 굵은 글씨로 강조해 보여줄 단어는?

일. 이것이 첫 번째다.

이완. 이것이 두 번째다. 그리고 마지막은 다음과 같다.

생각 비우기!

이 단어들이 선과 무슨 상관이 있느냐고? 글쓰기와는 무슨 상관이 있느냐고? 나와 무슨 상관이 있느냐고? 그리고 특히 이 글을 읽는 당신과는 무슨 상관이 있느냐고?

우선 약간 거부감이 드는 단어인 **일**에 대해 자세히 살펴보자. 일은 무엇보다 직업이 있는 한 우리 곁을 평생 맴도는 단어다. 지금부터라도 일의 노예(너무 천한 표현이다)가 아니라, 일과 파트너가 되어야 한다. 일단 일과 진정한 공생 관계가 되면 일이라는 단어에 거부감이 사라질 것이다.

여기서 잠깐 한 가지 질문을 하겠다. 청교도적인 유산을 물려받은 사회에서 왜 우리는 이렇게 일에 대해 상반된 감정을 가지는가? 우리는 바쁘지 않으면 죄책감을 느낀다. 그렇지 않은가? 그러나 반면에 지나치게 땀 흘려 일을 해도 때가 묻은 기분이 든다. 그렇지 않은가?

나는 단지 우리가 지루함을 피하기 위해 거짓으로 일을 만드는 데 빠져 있는 건 아닐까 생각한다. 또는 더 안 좋게, 돈을 위해 일을 할 수도 있다. 돈이 목적, 목표, 끝이자 전부인 것이다. 그런 목적을 위한 수단으로서만 중요한 일은 지루함으로 퇴보하고 만다. 그렇다면 우리가 일을 그리 싫어하는 게 과연 놀랄 일이겠는가?

자의식이 남들보다 강한 문인들 사이에 떠도는 또 다른 생각이 있다. 한낮에 빈둥거리는 것으로, 깃펜으로, 양피지로, 종이 위에 우아하게 떨어진 잉크 흔적으로 영감을 느끼기에 충분하다는 것이다. 그렇게 나온 영감이 『케니언 리뷰The Kenyon Review』나 그 밖의 문학 계간지 최신호에 너무, 자주, 실리는 거다. 한 시간에 몇 단어, 하루에 날카로운 몇 단락이면 짜잔! 우리는 창작자다! 제임스 조이스, 프란츠 카프카, 장 폴 사르트르다!

위에서 언급한 두 가지 태도는 진정한 창의력과 거리가 있다. 또한 그 어느 것보다 해롭다.

왜냐고? 둘 다 거짓이기 때문이다.

상업 시장에서 돈으로 보상을 받으려는 식의 글쓰기는 거짓말이다. 겉보기에만 문학 그룹인 속물적인 집단의 명성에 기대 보상을 받으려는 식의 글쓰기는 거짓이다. 버지니아 울프나 윌리엄 포크너, 잭 케루악의 장식체를 모방하는 게 전부면서 자신이 창작을 한다고 착각하는 젊은이들이 문학 계간지를 어떻게 채우고 있는지 말할 필요가 있는가? 클래런스 B. 켈랜드나 아냐 시턴, 색스 로머를 모방할 뿐이면서 자신이 창작을 한다고 착각하는 또 다른 젊은이들이 여성 잡지 및 그 밖의 대중 출판물을 어떻게 채우고 있는지 말할 필요가 있는가?

전위적인 거짓말쟁이는 현학적인 거짓말을 해놓고 자신이 기억되리라 착각한다.

상업적인 거짓말쟁이 또한 **자기 자신**이 편향되어 있으면서 기울어진 것은 오직 세상이며, **모두**가 그런 세상을 따라 걷는다고 착각한다!

부디 이 글을 읽는 독자는 모두 이 두 가지 형태의 거짓말에 관심이 없다고 믿고 싶다. 이 글을 읽는 독자는 창의력에 호기심을 갖고, 자신의 내면에 있는 진정한 독창성과 마주하길 바란다. 물론 부와 명성을 원할 테지만, 그건 일을 잘하고 진심으로 해낸 대가로 얼길 바란다. 평판이나 넉넉한 은행 잔고는 다른 모든 게 마무리되고 끝난 후에 이루어져야 한다. 이는 타자기 앞에 있는 동안에는 그런 것들을 생각조차 하지 말아야 한다는 뜻이다. 그런 것들을 생각하는 사람은 다음 두 가지 방식으로 거짓을 행하게 마련이다. 의미 없거나 죽은 아이디어만 떠올리는 소수의 독자를 만족시키거나, 과하거나 잘못된 아이디어인 줄 모르는 다수의 독자를 만족시키거나.

우리는 상업 시장에 대한 편향은 많이 들었지만, 문학 집단에 대한 편향은 그리 듣지 못했다. 두 경우 모두 결국에는 이 세상을 살아가는 작가에게 불행한 길이다. 힘 빠진 어니스트 헤밍웨이든 세 번째로 시도되는 엘리너 글린이든 편향된 글은 누구도 기억하지 않고, 거론하지 않으며, 토론하지 않는다.

작가가 받을 수 있는 가장 큰 보상은 무엇인가? 누군가가 솔직함에 터질 듯한 얼굴과 감탄으로 불타는 눈을 하고 달려와서는, "이번에 나온 새 작품 정말 좋았습니다. 정말 멋져요!"라고 외칠 때 아니겠는가?

바로 그럴 때에만 글쓰기는 가치 있다. 그 순간 지적인 변덕쟁이의 거만함은 순식간에 사라진다. 광고가 잔뜩 실린 잡지에서 벌어들인 돈이 갑자기 중요하지 않게 된다.

가장 냉담한 상업 작가도 그 순간을 좋아한다.

가장 허세 가득한 순수 문학 작가도 그 순간을 위해 살아간다.

그리고 지혜로운 신은 악착같이 돈을 긁어모으는 작가나 사람들의 관심을 끌려고 혈안이 된 작가에게 그런 순간을 자주 마주하게 한다. 돈을 위해 글을 쓰는 나이 든 작가에게도 아이디어와 사랑에 빠져서 자신도 모르게 질주하고, 씩씩대고, 헐떡이고, 열변을 토하고, 진심으로 글을 쓰기 시작하는 때가 온다. 마찬가지로 깃펜을 든 작가에게도 갑자기 열정에 휩싸여 보라색 잉크를 포기한 채 순수하고 뜨거운 땀을 흘릴 때가 온다. 깃펜 수십 개를 부러트리고 몇 시간 후 마치 집을 덮친 산사태를 뚫고 나온 듯 엉망이 된 꼴로 창작의 자리에서 일어나는 것이다.

이게 대체 무슨 일인가? 두 부류의 상습적인 거짓말쟁이가 진실을 말하기 시작한 이유는 무엇인가? 내가 앞서 보여준 단어를 다시 끌어다 보여주겠다.

일.

두 사람 모두 일을 하고 있었다는 것은 분명하다. 그리고 시간이 지나면, 일 그 자체에 리듬이 생긴다. 기술적인 부분은 줄어들기 시작한다. 신체가 주도권을 쥐기 시작한다. 가드가 내려간다. 그러면 어떻게 되는가?

이완.

그러고 나면 사람들은 나의 마지막 충고를 행복하게 따른다.

생각 비우기.

이는 더 많은 이완과 더 많은 생각 비우기, 더 큰 창의력으로 이어진다.

너무 혼란스러운가? 당황스럽다고? "불가능해!" 어쩌면 누군가는 이렇게 외칠 것이다. 어떻게 일하면서 이완될 수가 있는가? 어떻게 초조해하지 않고 창작을 할 수 있는가?

할 수 있다. 매일, 매주, 매년 그런 일이 일어난다. 운동선수도 그렇게 하고, 화가도 그렇게 하고, 등산가도 그렇게 한다. 선불교도들도 그들의 작은 활과 화살을 가지고 그렇게 한다. 나조차도 그렇게 할 수 있다.

누군가는 앙다문 잇새로 야유하겠지만, 나 같은 사람이 할 수 있다면, **누구나** 할 수 있다!

좋다, 단어들을 다시 배열하자. 어떤 순서로든 놓을 수 있다. 이완이나 생각 비우기를 먼저 두거나 동시에 둘 수도 있고, 그 뒤에 일을 둘 수도 있다. 그러나 편의상 다음과 같은 순서로 하고 네 번째 단어를 추가하자.

일. 이완. 생각 비우기. 더 많은 이완.

첫 번째 단어를 분석해볼까?

일.

당신은 일을 '하고 있었을' 것이다. 그렇지 않은가? 아니면 이 글 읽자마자 시작해야 할 일정을 계획하진 않았는가? 어떤 일정인가?

아마 이런 일일 것이다. 앞으로 20년 동안 매일 1,000~2,000단어씩 글을 쓰는 일. 처음에는 5년 동안 일주일에 단편 소설 하나씩, 그러니까 1년에 52편을 쓸 수도 있다. 이런 글쓰기에 익숙해지려면 아주 많은 글을 써서 처박아두거나 태우는 과정을 거쳐야만 한다. 지금 당장 시작해서 필요한 일을 마치는 편이 좋다.

나는 결국 양이 질을 만든다고 생각한다. 어째서냐고?

미켈란젤로, 다빈치, 틴토레토는 양적으로 수억 장의 스케치를 그린 덕분에 나중에 질적으로 놀라우리만치 절제되고 아름다운 한 장의 스케치, 한 장의 초상화, 한 장의 풍경화를 그려냈다. 훌륭한 외과의사는 양적으로 수천수만 개의 신체, 조직, 기관을 해부하고 또 해부하며 메스 아래 살아 있는 생명을 놓고 질적으로 평가받을 때를 대비한다. 운동선수는 100미터 경주를 위해 1만 킬로미터를 달린다.

양은 경험을 가져다준다. 경험만으로도 질은 높아질 수 있다.

크든 작든, 모든 기술은, 간명한 표현을 위해 소모적인 움직임을 배제한다. 예술가는 무엇을 덜어내야 하는지 연구한다. 외과의사는 문제의 원인에 바로 접근하는 법, 시간을 낭비하지 않고 합병증을 피하는 법을 안다. 운동선수는 힘을 아껴 여기저기에 어떻게 나눌지, 어떤 근육을 쓰는 게 더 나은지를 익힌다.

작가는 다른가? 나는 다르지 않다고 생각한다. 작가의 가장 위대한 기술은 대개 무엇을 말하지 않을지, 무엇을 뺄지, 어떻게 명확한 감정으로 간결하게 표현할지, 원하는 방향으로 어떻게 갈지에 달렸다.

예술가는 두뇌가 발달하고 손가락이 저절로 움직일 만큼 아주 열심히, 아주 오랫동안 일해야 한다. 인간의 살아 있는 육체에 생명을 디자인해야 하는 외과의사도 마찬가지다. 스스로 움직이도록 자신의 신체를 단련해야 하는 운동선수 역시 그렇다.

일, 즉 양적인 경험을 통해 인간은 현재 하고 있는 작업 이외의 것을 해야 하는 의무에서 벗어난다.

화가는 그림을 그려서 얻게 될 평단의 평가나 돈을 생각하지 말아야 한다. 그가 풀어주면 붓에서 흘러 나갈 아름다움을 생각해야 한다. 외과의사는 보수를 생각하지 말고 자신의 손 아래에서 뛰고 있는 생명을 생각해야 한다. 운동선수는 관중을 의식하지 않고 자신의 몸이 경기에서 내달리도록 해야 한다. 그리고 작가는 자신의 손가락이 인물의 이야기를 쏟아내도록 해야 한다. 실제 인간처럼 이상한 꿈과 강박으로 가득 찬 인물 말이다.

그러니 일하라. 열심히 일하라. 이완의 첫 단계로 가는 길을 준비하라. 조지 오웰이 말한 "생각하지 마!"의 단계에 다다를 때가 온다. 타자 치는 법을 처음 배울 때처럼 글자 하나하나가 단어의 흐름이 되는 날이 온다.

일을 얕잡아봐서는 안 된다. 첫해에 쓴 소설 52편 중 45편을 실패로 치부해서도 안 된다. 포기하는 게 실패다. 하지만 우리는 나아가는 과정에 있다. 그럴 때는 아무것도 실패가 아니다. 모든 것이 계속된다. 일이 끝났다. 좋았다면, 그 좋았던 점에서 배울 것이다. 나빴다면, 더 많이 배울 것이다. 끝난 일은 공부해야 할 교훈이다. 멈추지 않는 한 실패는 없다. 일을 하지 않으면 중단되어버리고 더 신중해지고 초조해지기 때문에 창조적인 과정이 무너지고 만다.

우리는 일을 위한 일, 창작을 위한 창작을 하지 않는다. 그런 경우라면, 차라리 두려움에 손을 들고 내 말을 듣지 않는 편이 옳다. 지금 우리가 찾으려 하는 것은 우리 모두 안에 있는 진실을 자유롭게 풀어줄 방법이다.

일에 대해 이야기하면 할수록 '이완'에 더 가까워진다는 점이 이제 분명해지지 않았는가?

긴장은 알지 못하거나 알기를 포기한 결과다. 일은 우리에게 경험을 선사하며, 새로운 자신감을 심어주고, 결국 이완으로 이어진다. 활동적인 형태의 이완이 다시 일어나는 것이다. 조각가는 의식하지 않고도 손가락을 움직인다. 외과의사는 생각하지 않고도 메스를 사용한다. 운동선수는 몸을 채근하지 않는다. 불현듯 자연스러운 리듬이 생기고 몸이 스스로 생각한다.

세 단어를 다시 보자. 순서는 원하는 대로 놓아도 좋다.

일, 이완, 생각 비우기. 한때는 따로 떨어져 있었지만 이제는 이 세 가지가 모두 한 과정 안에 있다. 일을 하면 결국 이완되고 생각이 멈춰지기 때문이다. 바로 이러한 때에만 진정한 창조가 일어난다.

그런데 올바른 생각이 없는 일은 거의 쓸모가 없다. 다시 말하지만, 자신 안에 있는 더 큰 진실을 꺼내고자 하는 작가는 문학 계간지나 평론지에서 조이스나 알베르 카뮈, 테네시 윌리엄스처럼 보이고 싶은 유혹을 물리쳐야 한다. 또한 상업 시장에서 그를 기다리고 있는 돈도 잊어야 한다. 그리고 자기 자신에게 물어야 한다. "나는 세상을 **정말** 어떻게 생각하는가? 내가 사랑하고 두려워하고 증오하는 것은 무엇인가?" 이를 종이에 쏟아내기 시작해야 한다.

그런 다음 오랜 기간 꾸준히 일하며 감정을 유지하면, 글쓰기가 명확해진다. 자신이 옳다고 생각하기 때문에 이완되고, 이완되기 때문에 더욱 옳다는 생각을 할 수 있다. 이 둘은 상호 교환이 가능해진다. 마침내 작가는 자기 자신을 보기 시작한다. 밤이 되면 내면의 인광이 벽에 긴 그림자를 드리운다. 마침내 일, 생각 비우기, 이완이 알맞게 뒤섞이고, 심장을 향해 몸속에 흐르는 피처럼 흐르고, 움직인다.

우리가 이런 흐름에서 발견하려는 것은 무엇인가? 한 인간은 그 누구와도 같지 않으므로 절대 대체될 수 없다는 사실이다. 윌리엄 셰익스피어, 몰리에르, 새뮤얼 존슨이 단 한 명뿐인 것처럼 우리는 각각 귀중한 자산이고, 개인적인 존재이며, 우리 모두가 민주적으로 공언한 인간이다. 다만 너무 자주 혼란 속에서 길을 잃거나, 자신을 잃어버린다.

어째서 길을 잃는가?

이미 말했다시피 잘못된 목표 때문이다. 문학적인 명성을 너무 빨리 원하거나, 돈을 너무 일찍 원하기 때문이다. 기억할지 모르겠지만, 명성과 돈은 자신의 가장 좋고, 외롭고, 개인적인 진실을 세상에 선물한 후에야 받게 되는 선물이다. 이제 우리는 문 앞까지 길이 이어지든 말든 상관하지 말고 더 나은 덫을 놓아야만 한다.

세상에 대해 어떻게 생각하는가? 우리는 세상이라는 빛을 측정하는 프리즘이다. 그 빛이 우리의 정신을 통과해 불타올랐을 때 백지 위에는 세상 누구와도 다른 빛의 읽을거리가 남는다.

세상이 우리를 통과해 불타오르게 하자. 나 자신이라는 프리즘을 통과한, 그 뜨거운 빛을 종이에 비추자. 나만의 개성 있는 빛의 읽을

거리를 만들자. 그럼 우리는 새로운 원소로 발견되고, 기록되고, 명명된다!

그러면, 놀라지 마시라. 문학잡지는 물론 언젠가는 평범한 사람들에게도 인기를 얻을 수 있으며, 누군가가 진심으로 "잘 썼다!"라고 외치는 소리를 들으며 황홀해하고 행복해할 날이 올 것이다.

우리가 느끼는 열등감은 단순한 경험 부족으로 인한, 기술의 열등함을 의미하는 경우가 많다. 일을 하고, 경험을 쌓아라. 그런다면 수영하는 사람이 물 위에 뜨는 것처럼 편안하게 글을 쓸 수 있을 것이다.

세상에는 오직 한 가지 유형의 소설만이 있다. 자기 자신의 소설. 자신의 소설을 쓴다면 어떤 출판사와도 계약을 할 수 있다.

나는 『위어드 테일스』에게 퇴짜 맞은 원고를 『하퍼스 바자』와 계약한 적이 있다. 『플래닛 스토리스Planet Stories』가 거절한 원고를 『마드무아젤』과 계약한 적도 있다.

어떻게? 나는 항상 나 자신의 소설을 쓰려고 노력했기 때문이다. 굳이 분류해보라고 한다면 SF나 판타지, 미스터리, 서부극이라고 해도 좋다. 하지만 그 안을 들여다보면, 모든 좋은 소설은 한 종류의 소설이다. 바로 자신의 개인적인 진실을 가지고 쓴 소설. 그런 종류의 소설은 『포스트Post』나 『맥콜스McCall's』, 『어스타운딩 사이언스 픽션』, 『하퍼스 바자』 또는 『애틀랜틱The Atlantic』까지 모든 잡지에 어울릴 수 있다.

여기서 서둘러 덧붙이자면, 시작하는 작가에게는 모방이 자연스럽고 필요한 것이다. 준비 기간 동안 작가는 자신의 아이디어가 수월하게 펼쳐질 분야를 선택해야 한다. 성격이 어떤 면에서 헤밍웨이의 철학과 닮았다면, 헤밍웨이를 모방하는 것이 옳다. 데이비드 허버트 로런스를 존경한다면, 로런스를 모방하는 기간이 있을 것이다. 유진 맨러브 로즈의 서부극에 영향을 받았다면, 그 점이 글에 나타날 것이다. 일과 모방은 배우는 과정에서 함께 간다. 모방은 합당한 목적을 벗어날 때에만, 사람이 진실로 창조적으로 일하려는 것을 방해하는 법이다. 진정으로 독창적인 이야기를 스스로 만들어내기까지 어떤 작가는 몇 년이 걸리고, 또 어떤 작가는 몇 달이 걸릴 것이다. 나는 수백만 단어를 모방한 후에야 스물두 살 때 불현듯, 이완된 상태로, 즉 독창적으로 돌파구를 찾아서 완전히 '내 것'인 'SF 소설'을 썼다.

글을 쓸 분야를 선택하는 것은 그 분야에 편향되는 것과 다르다는 점을 잊지 말자. 미래 세계를 무척 좋아하게 되었다면 SF 소설을 쓰는 데 에너지를 쏟는 편이 옳다. 열정이 있다면 지나치게 편향되거나 모방하지 않도록 막아줄 것이다. 특정 분야 없이, 그저 다 좋아하는 것은 작가에게 나쁠 수 있다. 어떤 분야든 남의 시선을 의식하는 글쓰기는 해로울 뿐이다.

어느 시대에서든 어째서 더욱 '창조적인' 소설들이 쓰이지 않고 읽히지 않는 건가? 그 이유는, 내 생각에, 많은 작가가 내가 여기서 말한 일하는 방식에 대해 모르고 있기 때문이다. 우리는 '순수 문학'과 '상업 문학'이라는 쓰기의 이분법에 너무 익숙해서 그 중간에 있는 길을 따로 분류하거나 고려하지 않았다. 그 중간에는 모든 사람에게 최선이며, 속물과 글쟁이 모두에게 가장 좋은 창조적인 과정으로 가는 길이 있다. 평소처럼 우리는 각각 이름을 붙인 상자 두 개에 모든 것을 집어넣음으로써, 문제를 해결하거나, 이미 해결했다고 생각했다. 두 상자 중 어느 하나와도 맞지 않는 것은 그게 무엇이든 그 어디와도 맞지 않는다고 말이다. 우리가 계속 이런 식으로 행동하거나 생각하는 한, 우리는 계속해서 자신을 묶고 구속할 것이다. 확실한 길, 행복한 길은 중간에 있다.

자, 놀랐는가? 나는 진지하게 오이겐 헤리겔의 『마음을 쏘다, 활 Zen in the Art of Archery』(걷는 책, 2012)을 읽어보길 권한다. 여기에는 일, 이완, 생각 비우기 또는 그와 비슷한 단어들이 다른 측면과 다른 배경으로 나온다.

나는 몇 주 전까지 선에 대해 아무것도 몰랐다. 그런데 왜 이 글의 제목에 선이라는 표현을 썼는지 궁금해하는 이들을 위해 조금이나마 아는 바를 말하자면, 활쏘기에서는 단순히 활을 당기고 화살을 시위에 거는 행동을 배우는 데만 오랜 세월이 걸린다고 한다. 그런 다음에는 화살이 시위에서 떠나갈 때를 기다리는, 때때로 지겹고 괴로운 준비 과정이 이어진다. 이때 과녁을 생각해서는 안 된다. 화살이 제 갈 길을 날아간다면 과녁에 꽂힐 것이다.

지금까지 길게 이야기했으니 여기서 다시 활쏘기와 글쓰기의 기술 사이의 관계를 언급할 필요는 없으리라. 이미 나는 과녁을 생각하지 말라고 충고했다.

몇 년 전에 나는 일이 내 인생에서 해야 할 역할을 직감적으로 알았다. 10여 년 전에는 키보드 오른쪽에 잉크로 '생각 비우기!'라고 쓰기도 했다. 그러니 최근에 내가 선에 관한 헤리겔의 책에서 우연히 나의 직감을 확인하고 기뻐했다고 해서 잘못이라 할 수 있는가?

소설 속 인물이 작가인 당신을 대신해 소설을 쓸 때가, 문학적인 위선과 상업적인 편향 없이 감정이 폭발하며 진실을 말할 때가 올 것이다.

기억하라. **플롯**은 인물이 목적지를 향해 달려간 **이후** 눈에 남은 발자국에 지나지 않는다. 플롯은 사전이 아니라 사후에 관찰된다. 플롯은 행동을 앞설 수 없다. 행동이 끝났을 때 남아 있는 기록이 플롯이다. 모든 플롯이 그래야 한다. 달리고, 달리게 하고, 목표에 닿게 하는 것은 인간의 욕망이다. 욕망은 무표정일 수가 없다. 오로지 역동적일 수밖에 없다.

그러므로 목표를 잊고 옆으로 비켜서서, 인물들이, 당신의 손가락, 몸, 피 그리고 심장이 **글을 쓰게** 하라.

철학적 명상을 하지 말고 윌리엄 워즈워스가 '현명한 수동성'이라고 부른 자세로 자신의 잠재의식을 들여다보라. 문제에 대한 답을 얻기 위해서는 선의 상태로 가야 한다. 선은 모든 철학과 마찬가지로, 자신에게 유익한 것을 직감적으로 깨우치는 사람들의 선례를 따를 뿐이다. 모든 목공예가, 조각가, 발레리나가 평생 선이라는 단어를 들어본 적이 없음에도 선이 말하는 바를 실천한다.

"현명한 아버지는 자신의 아이를 안다"는 말은 "현명한 작가는 자신의 잠재의식을 안다"는 말로 바꿀 수 있다. 현명한 작가는 자신의 잠재의식을 알 뿐만 아니라, 잠재의식이 세상을 느끼고 자신만의 이치에 따라 형상화하고 이야기하도록 둔다.

프리드리히 실러는 작곡을 하려는 이들에게 "지성의 문에서 파수꾼을 제거하라"고 충고했다.

새뮤얼 테일러 콜리지는 "생각은 연상의 흘러가는 본성을 억제하고 방향을 조종한다"고 했다.

마지막으로, 내가 말한 것에 대해 더 알고 싶다면 올더스 헉슬리의 『내일, 모레, 글피Tomorrow and Tomorrow and Tomorrow』에 있는 '양서류의 교육'을 읽어보라.

도로시아 브랜디가 쓴 『작가 수업Becoming A Writer』(공존, 2018)은 아주 훌륭한 책으로, 작가가 자기 자신을 발견하는 법과 단어 연상을 통해 내면의 것을 종이 위에 풀어놓는 여러 방법에 대해 자세히 설명한다.

내가 한 말들이 마치 광신자가 하는 말처럼 들렸는가? 반얀나무 아래에서 금귤, 그레이프넛츠, 아몬드를 먹는 요가 수행자 같았는가? 내가 이 모든 이야기를 한 이유는 지난 50년간 그런 것들이 나에게 효과적이었기 때문이다. 그리고 다른 이에게도 효과적일 거라 생각한다. 진정한 실험은 직접 해보는 것이다.

실용적으로 살자. 자신의 글쓰기 방식에 만족하지 않는다면 내 방법을 시도해보면 된다.

글쓰기 기술의 선뵐

그러면 **일**에 대한 새로운 정의를 쉽게 찾을 것이다.

그것은 바로 **사랑**이다.

1973

창의력에 관하여_____

파헤쳐진 진실이 잠들어 있는 곳으로 표범의 발로 가라

박살 내고 움켜쥐지 말고, 찾아내고 간직하라.

파헤쳐진 진실이 잠들어 있는 곳으로 표범의 발로 가서

숨겨진 씨앗을 몰래 터뜨려라.

그러면 살금살금, 맹인인 척하는 사이

너의 흔적을 따라 엄청난 자원이

슬며시 나타나 묵살되고 남겨진다.

닦아놓은 정글 길을 따라 돌아갈 때

옆길로 샌 곳에 흩어져 있는 모든 것을 찾아라.

전혀 모르는 채로 또는 그런 척 우연히 잠입한 곳에

크고 작은 진실이 드러나 있다.

광산은 파헤쳐졌다.

걸어가서 달려들고 발견하면 되는 쉬운 게임이다.

그러나 모쪼록 부드럽게 걷고, 너무 달려들지 말자.

주의를 기울이되, 아주 조금이면 된다.

천천히 조심하는 척, 관심 없는 척, 무시하라.

은유는 미소 너머의 고양이 같다.

흥분해서 가르랑거리는 것, 자랑스러운 것,

내면에 숨겨놓은 멋진 황금빛 짐승인 것이

이제 추수 때 숲에서 불려 나와

영양 떼 같은 코끼리들로 변하여

정신을 흔들고 두드리고 깨부수어 경외하게 한다.

아름다움을 감상하되 그것의 흠을 보라.

옥에 티 같은 흠이 발견되면

서둘러 다시 전체, 전부를 생각하라.

이 일이 끝나면, 없는 지혜를 가진 척,

파헤쳐진 진실이 잠들어 있는 곳으로 표범의 발로 가라.

내가 하는 것이 나, 나는 그것을 위해 왔네

제라드 맨리 홉킨스를 위해

내가 하는 것이 나, 나는 그것을 위해 왔다.

내가 하는 것이 **나**!

나는 **그것**을 위해 이 세상에 왔다!

제라드가 말했다.

젠틀한 맨리 홉킨스가 말했다.

그는 그의 시와 산문에서 운명이 자신을 선택했음을 보았고,

운명이 핏속에 은밀하게 새겨진 그림들 사이에서

그의 길을 찾도록 놓아주었다.

신이 지문을 찍었어! 그가 말했다.

당신이 태어날 때

신은 이마에 손을 대고, 당신의 눈 위에

신의 영혼의 산마루와 상징을 부드럽게 찍었다!

하지만 같은 시간, 태어나 울부짖으며

출생 선고에 충격을 받은 사이

산파, 어머니, 의사의 거울 같은 시선 속에서

지문이 몸속으로 점점 사라지는 것을 보았다.

그래서 잃어버리고, 지워진 지문을 평생 찾아야 한다.

신이 처음으로 와서 생명을 새길 때

그곳에 남긴 달콤한 지시를 찾아 깊이 파 들어가야 한다.

"이제 가라! 이걸 해라! 저걸 해라! 또 다른 일을 해라!

이 자아가 너다! **그것**이 되어라!"

이게 무슨 일이야?! 당신이 따뜻한 가슴에서 울부짖는다.

휴식은 없는가? 없다. 자신을 향한 여정만 있을 뿐.

그리고 모반이 사라지는 순간, 조개껍데기 같은 귀에

　세상 속 당신에게 보내는 신의 마지막 말이 한숨으로 사라지며 들
린다.

"어머니, 아버지, 할아버지도 네가 아니다.

다른 이가 되지 마라. 내가 너의 핏속에 새긴 자아가 되어라.

나는 네 육신을 너로 가득 채웠다. 그것을 찾으라.

그리고, 찾아서, 어느 누구도 될 수 없는 자가 되어라.

나는 네게 가장 비밀스러운 운명을 선물로 남겼다. 다른 이의 운명을 찾지 마라.

그렇게 한다면, 어떤 무덤도 너의 절망을 담을 만큼 깊지 않고 어떤 나라도 너의 상실을 숨길 만큼 넓지 않을 것이다.

나는 너의 모든 세포를 돌아다닌다.

너의 가장 작은 분자도 옳으며 진실하다.

지워지지 않는 멋진 운명을 거기서 찾으라.

그런 운명은 드물다.

1만 개의 미래가 매 순간 너의 피를 공유한다.

모든 핏방울이 너의 복제된 쌍둥이다.

손에 난 작은 상처에서도 네가 태어나기 전 내가 계획하고 알았던 너의 심장에 숨겨놓은 것의 사본을 볼 수 있다.

너의 모든 것이 자아를 따뜻하게 감싸고 숨겨준다.

믿음이 있다면 그런 자아가 될 것이다.

네가 하는 것이 너다. 그것을 위해 내가 너를 태어나게 했다.

그것이 되어라. 이 세상에서 유일한 진정한 네가 되어라."

친애하는 홉킨스. 상냥한 맨리. 특별한 제라드. 멋진 이름이여.

우리가 하는 것이 **우리**. 당신들 덕에. **그것**을 위해 우리가 왔다.

또 다른 나

내가 글을 쓰지 않자

또 다른 내가

끊임없이 나오려고 한다.

그러나 내가 너무 빨리 돌아서서 그를 마주한다면

그러면

그는 전에 있던 시간과 장소로

슬금슬금 돌아간다.

나는 나도 모르게 문을 부수고

그를 나오게 한다.

때로는 불이 났다는 외침으로 그를 부른다.

그는 나에게 그가 필요하다고 생각한다.

나도 그렇다. 그의 일은

가면 너머의 내가 누구인지 말해주는 것.

그는 유령, 나는 허울.

뒤로는 그가 신과 함께 쓴 오페라를 감추고 있다.

나는, 완전히 보이지 않는 채로,

그의 마음이 내 팔을 따라 손목, 손, 손끝으로 살며시 내려올 때

까지

가만히 기다린다.

이윽고, 살그머니 내려오면

혀에서 떨어지며

소리로 불타오르는, 그런 진실이 발견된다.

이 모든 것은 비밀스러운 땅에 있는 비밀스러운 피와 비밀스러운

영혼에서 나온다.

그는 기뻐하며

슬금슬금 나와 글을 쓰고는, 도망가 숨어버린다.

또 다른 숨바꼭질이 시작될 때까지.

그를 괴롭히는 것이

나의 목표가 아닌 척하지만

사실은 괴롭히며 다른 곳을 보는 척한다.

그러지 않으면 비밀스러운 자아가 종일 숨어 있을 테니.

나는 달려가 간단한 게임을 한다.

아무 생각 없이 뛰면

숨어 있던 눈부신 짐승이 잠에서 깨어난다. 그 영역과

장소는 어디인가? 나의 호흡과

피와 신경.

그러나 그 가운데 그 짐승은 어디 머무는가?

내가 샅샅이 뒤지는데, 그가 숨을 곳은 어디인가?

껌 같은 이 귀,

비계 같은 저 귀 뒤편?

이 말썽꾸러기 소년이

모자를 걸 곳은 어디인가?

소용없다. 그는 타고난 은둔자이며

은둔자로 살아간다.

나는 그의 계략, 그의 게임에 참여할 수밖에 없고

그가 마음대로 달리며 내 명성을 쌓도록 둘 수밖에 없다.

나는 그 위에 내 이름을 쓰고 그의 작품을 훔친다.

이 모든 건 달콤한 창작의 냄새로

내가 그를 나오게 만든 덕이다.

레이 브래드버리가 저 시, 대사, 연설을 썼는가?

아니, 보이지 않는 내면의 유인원이 가르쳤다.

내 육신을 입은 그가 어디까지 이를지는 알 수 없다.

내 이름을 말하지 마라.

또 다른 나를 찬양하라.

트로이

나의 트로이가 있었다, 당연히.

하지만 사람들은 아니라 했다.

눈먼 호머는 죽었어. 그의 오래된 신화는

갈 곳을 잃었어. 그만둬. 파헤치지 마.

그러나 나는 장비를 갖추고

나의 세속적인 영혼을 꿰맸다.

나는 나의 트로이를 **알았다**.

사람들은 소년에게 그저 이야기일 뿐

그 이상은 아니라고 경고했다.

나는 미소를 지으며 그들의 경고를 견뎠다.

그러면서 내내 삽으로

호머가 가꾼 햇빛과 그늘을 파헤쳤다.

맙소사! 신경 쓰지 마! 친구들이 외쳤다. 바보 같은 호머는 눈이 멀었어!

어떻게 그가 있지도 않은 유적을 **보여줄 수** 있겠어?

나는 **확신해**. 내가 말했다. 그가 말한다. 나는 듣는다. 난 **확신해**.

그들의 조언을 무시했다.

그들이 모두 등을 돌렸을 때 나는 땅을 팠다.

여덟 살 때 나는 깨달았다.

파멸이 나의 운명이라고 그들이 말했다. 세상이 끝날 거야!

그날 나는 겁에 질렸다, 사실일 거라고,

당신과 나와 그들이

다음 날 빛을 보지 못할 거라 생각했다.

그러나 다음 날이 밝았다.

그것을 보면서 부끄러워하며 나의 의심을 기억해내고

궁금해했다. 그들은 **무엇**을 예언한 거지?

그날 이후로 나는 은밀한 즐거움을 간직했다.

그리고 땅속에 묻힌 나의 트로이를

그들이 알지 못하게 했다.

그들이 안다면 멸시하고

조롱하고 놀릴 테니.

나는 모든 이로부터

나의 도시를 깊숙이 봉인했다.

그리고 자라는 내내 매일 땅을 팠다. 내가 발견한 것,

늙은 호머, 눈먼 호머에게 선물로 받은 것은 무엇인가?

트로이 하나? 아니, 열 개!

트로이 열 개? 아니, 스무 개! 서른 개!

모든 것이 더 값지고 멋지고 눈부시다!

내 살과 핏속에 있으며,

모두 다 진실하다.

그래서 무슨 말이냐고?

당신 안의 트로이를 파내라!

마음속에 폐허를 만들지 마라

마음속에 폐허를 만들지 마라.

아니면 아름다움이 없다. 로마의 태양이 가려지고

지하 묘지는 당신의 차가운 호텔이 된다!

천국이 되어야 할 곳이 지옥이 될 수 있다.

지진과 홍수를 주의하라.

이것들은 여행자의 핏속에 꼭꼭 숨어 있다가

폐허가 된 로마를 보고

은신처에서 어기적거리며 나온다.

쓸쓸한 당신의 피를 기억하고, 조심하라.

로마의 흩어진 벽돌과 뼈가 거기에 있다.

모든 염색체와 유전자에

존재했었던, 존재했을지도 모르는 모든 것이 있다.

모든 건축적인 무덤과 왕좌가

당신 뼛속에 있는 폐허에 던져진다.

그곳에서 시간의 격동은 일평생 커진다.

그리고 미래의 모든 어둠은 안다.

이러한 내면의 폐허를 로마로 가져가지 마라.

슬픈 사람은 현명하게 집에 머문다.

모든 것이 사라진 곳에

우울함을 가지고 간다면 상실은 더 커지고

자아에 어둠은 가득해질 것이다.

그러니 기쁨을 가지고 여행하라.

그러지 않으면 지금까지 오래 기다리던 죽음이

폐허 속에서 완전해진다.

그리고 불타는 피의 마을들은

흔들리고 건전함과 선함을 잃을 것이다.

그리고 폐허가 된 시선으로

폐허가 된 사라진 로마를 보게 될 것이다. 그리고 그대는?

정오의 빛으로 고친, 갈라진 동상이지만

여전히 내면은 영혼의 자정에 머물러 있다.

그러니 우울한 기분이나

핏속에 햇빛이 부족한 상태로 여행하지 마라.

그런 여행은 이중으로 비용이 든다.

당신과 왕국이 **모두** 길을 잃었을 때

마음이 폭풍우가 몰아치는 지하 묘지일 때

모든 것이 로마의 묘지석으로 보일 때

여행자여, 가지 마라.

집에 머무르라.

집에 머무르라!

내가 죽으니, 세상도 죽으리

가엾은 세상은 내가 죽는 날 파멸할 자신의 운명을 알지 못한다.

내가 죽는 동안 2억 명이 사라지리.

나는 이 대륙을 나와 함께 무덤으로 데려간다.

그들은 매우 용감하고 무고하며

내가 쓰러지면 그들이 다음 차례라는 걸 모른다.

그래서 죽음의 시간에 '좋은 시절'이 환호하는 동안

미친 이기주의자인 나는, 그들의 '나쁜 새해'를 맞이한다.

내 땅 너머의 땅은 광대하고 눈부시다.

그러나 나는 익숙하게 그들의 빛을 꺼버린다.

알래스카를 멸망시키고, 태양왕의 프랑스를 의심하고, 영국의 목을 자르고,

늙은 어머니 러시아를 한 번의 잔인한 눈 깜박임으로 마음 밖으로 밀어내고,

중국을 대리석 채석장 끝에서 밀치고,

먼 호주를 때려눕힌 뒤 그의 비석을 세우고,

큰 걸음으로 일본을 걷어찬다. 그리스는? 재빨리 날아갔다.

그러나 그리스는 날아가다 추락할 것이며, 푸르른 아일랜드도 마찬가지다.

나는 식은땀 나는 꿈속에서, 스페인을 절망에 빠뜨릴 것이며

고야의 아이들을 쏴서 죽이고, 스웨덴의 아들을 괴롭히고,

석양을 알리는 포를 쏴서 꽃과 농장과 마을을 부서트릴 것이다.

나의 심장이 멈추면 위대한 라Ra도 잠에 빠져든다.

나는 모든 별을 우주 깊은 곳에 묻는다.

그러니 세상아, 들어라. 경고를 받고 정직한 두려움을 깨달으라.

내가 병드는 날 너의 피는 죽는다.

바르게 행동하라. 내가 꼼짝 않고 너를 살게 할 테니.

그러나 잘못 행동하면 지금 내가 준 것을 가져갈 것이다.

그것이 끝이며 전부다. 너의 깃발은 접힌다……

내가 총을 맞고 쓰러지면? 너의 세상도 끝난다.

행동하는 것이 존재하는 것

행동하는 것이 존재하는 것.

행동했던 것으로는 충분하지 않다.

행동으로 자신을 채우는 것, **그것**이 게임이다.

무엇을 했는지를 두고 매시간 자신을 명명하라.

석양을 알리는 소리가 울리면 지난 시간을 표로 만들라.

그리고 행동에서 자기 자신을 찾으라.

일이 일어나기 전에 미리 알 수는 없다.

아주 간절히, 비밀스러운 자아에 간청했으니,

행동으로 끌어내라.

그저 뛰고, 돌진하고, 달리며

의심을 없애면

지금 발견한 내가 된다.

행동하지 **않는** 것은 죽는 것.

아니면 거짓말하고 거짓말할 뿐이다.

언젠가는 행동할 수도 있겠지.

그런 생각은 버리길!

누구도 자신이 보는 대로 행동하며

존재하지 않으면

내일은 아무런 의미가 없다.

몸이 마음을 이끌도록 하라.

안내견에게 첫 임무를 주어라.

그리고 연습과 리허설을 통해

마음과 영혼의 우주를 찾으라.

경험으로 아는 것은

영원히 입증된다. 행동하는 것이 존재하는 것!

우리에게는 예술이 있으니 진실로부터 살아남으리

실재만 아는가? 쓰러져 죽으리.

니체가 말했다.

우리에게는 예술이 있으니 진실로부터 살아남으리.

세상은 우리에게 너무 버겁다.

홍수는 40일이 지나도 남아 있다.

저쪽 들판에서 풀을 뜯는 양은 늑대다.

머릿속에서 째깍거리는 시계가 진정한 시간이다.

그리고 밤에 당신은 묻힐 것이다.

새벽에 따뜻하게 침대에 누워 있던 아이들은 떠날 것이다.

당신의 마음을 가지고 당신이 모르는 세상으로.

이런 탓에

숨을 쉬고 피를 흐르게 하는 법을 배우기 위해

우리에게는 예술이 필요하다. 이웃의 악마와

나이와 어둠과 우리를 들이받는 차를 받아들이자.

해골을 품은 광대,

혹은 광대 모자를 쓴 해골이

핏빛으로 녹슨 방울을 짤랑거리고 딸랑이를 덜그럭거리면

늦은 밤 다락의 뼈가 지진처럼 가라앉는다.

이 모든 것, 이것, 이것, 이 모두가 너무 버겁다!

그 때문에 심장이 부서진다!

그래서? 예술을 찾자.

붓을 잡자. 자세를 취하자. 멋지게 발을 놀리자. 춤을 추자.

경주를 하자. 시를 써보자. 희극을 쓰자.

인간을 향한 인간의 길을 정당화하기 위해

밀턴은 술 취한 신이 할 수 있는 것보다 많은 것을 한다.

두서없이 지껄이는 멜빌은

가면 아래의 가면을 찾는 일을 과업으로 받아들인다.

에밀리 디킨스의 설교는 쓰레기 청소부의 변칙을 보여준다.

셰익스피어는 죽음의 다트에 독을 바르고

무덤을 파는 기술을 연마한다.

포는 피의 흐름을 예측하고

뼈로 방주를 만들어 홍수 위를 항해한다.

그리고 죽음은, 고통스러운 사랑니다.

예술이라는 겸자로, 그 진실을 뽑고,

깊은 어둠과 시간과 원인이었던

심연을 헤아린다.

제왕나비 애벌레가 우리의 심장을 삼켜버리지만

요릭(「햄릿」에 나오는 해골. 궁정 광대였다_옮긴이)의 입으로 예술에게 외친

다. "고마워!"

브래드버리, 몰입하는 글쓰기

역자 후기

200년 후,
화성에서도 읽힐

　　레이 브래드버리는 그의 대표작 『화씨 451』이나 『화성 연대기』 때문에 SF 작가로 알려져 있지만, 70여 년의 작가 생활 동안 소설, 시, 희곡, 에세이, 시나리오 등 다양한 장르를 넘나들며 수많은 작품을 발표했다. 특히 300여 편의 단편 소설을 남기며 '단편의 제왕'이라는 수식어를 얻었고, 산문시에 비견되는 특유의 시적인 문체와 자유로운 상상력으로 그만의 작품 세계를 구축했다. 장르 소설 작가로서는 최초로 전미도서재단 평생 공로상을 수상했으며, 그 외에도 미국 예술훈장, 프랑스 문화훈장, 퓰리처상 특별표창 등을 받았다.

그가 2012년 91세로 세상을 떠났을 때, 당시 미국 대통령이었던 버락 오바마는 이례적으로 백악관 공식 성명을 통해 "그의 스토리텔링은 우리의 문화를 새로이 재편하고 우리의 세계를 넓혀준 선물이었다"고 했으며, 스티븐 스필버그 감독도 "그는 나의 뮤즈였다"며 추모했다. 또한 나사는 화성 탐사로봇 큐리오시티 로버가 화성에 착륙한 지점을 가리켜 '브래드버리 착륙지'라고 이름 붙이기도 했다. 더욱이 『화성 연대기』가 2008년 화성 탐사로봇 피닉스호에 디지털 사본 형태로 실려 함께 화성에 착륙함으로써 브래드버리는 "200년 후 화성에서도 읽힐" 작가가 되었다.

이렇게 본다면 브래드버리는 정말 어마어마한 대가처럼 보일지도 모르겠다. 이러한 작가의 글쓰기에 관한 에세이라니, 누군가는 호기심이 발동할 수도 있고 누군가는 너무 범접할 수 없는 내용일까 부담스러울 수도 있겠다. 하지만 이 책을 펼치는 순간 마주하는 것은 만화를 사랑하던 아홉 살짜리 꼬마다. 만화를 너무 사랑한 나머지, 친구들의 비웃음에 굴복했다가도 다시 일어나 남들의 시선에 아랑곳하지 않고 자신이 사랑하는 것을 하기로 한 소년 말이다.

이 책에서 브래드버리는 거창한 이론을 제시하거나 어떤 글쓰기 규칙들을 가르치려 들지 않는다. 그저 자신이 얼마나 글쓰기를 사랑하는지, 어떠한 열정을 가지고 있는지 보여줄 따름이다. 그리하여 우리는 아직 미숙하지만 하루하루 글을 써 내려간 소년을, 어느 날 번뜩이는 깨달음으로 자신만의 소설을 처음 완성한 남자를, 자신의 행복했던 추억과 괴로웠던 기억을 모두 타자기 앞에서 쏟아낸 작가를 만나게 된다.

이 책을 관통하는 브래드버리의 글쓰기 철학은 사실 크게 특별하지 않은 이야기일 수도 있다. 상업적인 성공 혹은 문학적인 성취 같은 외부적인 요인에 눈을 돌리지 말고, 어떠한 글을 쓰겠다는 목적도 가질 필요 없이, 자기 자신과 자신의 삶에 집중하여 글을 쓰다 보면 어느새 소설의 인물이, 작가의 "손가락, 몸, 피 그리고 심장이 글을 쓰게" 된다는 것이다. 어떻게 보면 누구나 할 수 있을 것 같은 이야기가 특별하게 들리는 이유는 브래드버리 자신이 오랜 작가 생활을 통해 직접 깨달은 진실이기 때문이다. 그리고 그는 이러한 진실을 '단편의 제왕'다운 글솜씨로 유쾌하게 풀어낸다.

이 책을 좀 더 재미있게 읽으려면 브래드버리의 소설들을 먼저 읽어보면 좋을 것이다. 그의 이야기와 글의 분위기를 알고서 그러한 것들이 어떻게 세상에 나오게 되었는지 읽게 되면 마치 영화나 드라마의 메이킹 필름을 보듯 그 뒷이야기를 흥미진진하게 즐길 수 있다. 하지만 꼭 그의 작품들을 읽지 않았더라도 이 책에 실린 글 역시 브래드버리의 글이 주는 특유의 즐거움을 고스란히 담고 있으니 그 자체로도 충분히 즐길 만하다.

사실 이 책은 예전에 다른 제목으로 출간되었던 적이 있다. 그 후 절판되어 잊히는 줄로만 알았는데 이번에 재출간되며 다시 한번 소개할 기회가 생겨 기쁘다. 번역을 하면서도 재미있게 읽었던 기억이 있는 책이라 재출간 소식을 들었을 때 무척 반가웠다. 다만 번역 작업이란 것이 끝까지 수정에 수정을 거듭하다 마감 날이 되어서야 억지로 손을 놓는 일이다 보니 역시나 오랜만에 들춰본 원고에 마음에 들지 않는 부분이 더러 있었다. 이번에 새로 수정을 하면서 예전 책과 비교해 내용이 크게 달라진 부분은 없으나, 어색한 표현이나 이해하기 어려운 부분들을 조금씩 더 손을 봤다. 지난번보다 조금이라도 더 나은 번역이 되었길 바라는 마음뿐이다. 부디 독자들도 이 책을 통해 브래드버리의 매력을 한껏 느끼길 바란다.

김보은

감사의 말

이 책에 실은 글들은 본래 아래 출판 매체에 처음 게재한 것들이다. 수록을 허락해준 담당 편집자와 출판사 모두에 감사의 말을 전한다.

「쓰기의 즐거움」
ㅡ『글쓰기의 기술과 선, 캐프라 챕북13Zen & the Art of Writing, Capra Chapbook Thirteen』, Capra Press, 1973.

「빠르게 달리다 갑자기 멈추기, 계단 꼭대기에 있는 것, 오래된 마음에서 나타난 새로운 유령」
ㅡ『호러, 판타지, SF 소설 쓰는 법How to Write Tales of Horror, Fantasy & Science Fiction』, edited by J.A. Williamson, Writers Digest Books, 1986.

「뮤즈를 곁에 두고 먹을 것을 주는 법」
ㅡ『더 라이터The Writer』, July 1961.

「자전거 음주운전」
ㅡ『레이 브래드버리 단편집The Collected Stories of Ray Bradbury』의 서문, Alfred A. Knopf, Inc., 1980.

「화씨 451, 동전 넣고 쓴 소설」
―『화씨 451Fahrenheit 451』의 서문, Limited Editions Club, 1982.

「민들레 와인, 이 세상의 비잔티움」
―『민들레 와인Dandelion Wine』의 서문, Alfred A. Knopf, Inc., 1974.

「화성을 향한 긴 여정」
―『화성 연대기: 40주년 기념판The Martian Chronicles: The Fortieth
Anniversary Edition』의 서문, Doubleday, 1990.

「거인의 어깨 위에서」
―『다른 세계들: 1939년 이후의 판타지, SF 소설Other Worlds: Fantasy and
Science Fiction Since 1939』의 서문, edited by John J. Teunissen, University
of Manitoba Press, 1980. Reprinted in Special Issue of MOSAIC, XIII/3 − 4
(Spring − Summer, 1980).

「잠재된 정신」
―『더 라이터』, November, 1965.

「소설이 영화가 되기까지」
―『필름 코멘트Film Comment』, November − December, 1982.

「글쓰기 기술의 선」
―『글쓰기의 기술과 선, 캐프라 챕북13』, Capra Press, 1973.

브래드버리, 몰입하는 글쓰기

레이 브래드버리 지음
김보은 옮김

초판 1쇄 발행일 2023년 10월 27일

발행인 | 한상준
편집 | 김민정 · 강탁준 · 손지원 · 최정휴
디자인 | 김경희
마케팅 | 이상민 · 주영상
관리 | 양은진

발행처 | 비아북(ViaBook Publisher)
출판등록 | 제313-2007-218호(2007년 11월 2일)
주소 | 서울시 마포구 월드컵북로 6길 97(연남동 567-40)
전화 | 02-334-6123 전자우편 | crm@viabook.kr
홈페이지 | viabook.kr

Korean translation copyright ⓒ 2023 by ViaBook Publisher
ISBN 979-11-92904-33-7 03800